マドンナメイト文庫

妻の娘 獣に堕ちた美少女

殿井穂太

目次

contents

序章……7
第1章　深夜の秘めごと……17
第2章　美少女の匂いを嗅ぎながら……50
第3章　白昼の寝取られ地獄……83
第4章　美少女が濡れる夜……120
第5章　いたいけな処女を強奪……153
第6章　獣に堕ちた十七歳……214
終章……280

妻の娘　獣に堕ちた美少女

序章

「あっ、お兄ちゃん」

満面に笑みを浮かべていた。

手を振ってきたのは、三十六歳の美熟女だ。

加藤秋奈《かとうあきな》。ひょんなことから交際にいたり、肉体関係にまで発展してしまった幼なじみの女性である。

「おう……」

入江義人《いりえよしと》はサッと手を挙げ、秋奈に近づいていく。

相変わらずの、むちむちとしたいやらしい身体。白いブラウスの胸もとに、小玉スイカ顔負けのたわわな巨乳が、ボタンをはじき飛ばさんばかりに盛りあがっている。

不覚にも股間がキュンと甘酸っぱく疼いた。儀式のような食事などどうでもいいから、すぐにでもホテルに連れこんで一発ヤリたい。

だが、そんな本音はおくびにも出さない。

入江は人がよさそうに見えるいつもの笑みとともに、もう一度秋奈に笑いかけた。

ここは風光明媚な地方都市。国内外から大勢の観光客がやってくる古風な城下町で、街一番のシティホテルの一階にある洒落たラウンジだ。

ラウンジの中は大勢の客で賑わっている。

「待たせたかな」

時間をたしかめ、微笑みながら秋奈に言った。

秋奈はシックでエレガントなスーツスカート姿。できる女然とした雰囲気を振りまきながら「ううん」とにこやかにかぶりを振る。

胸もとのふくらみが重たげにブルンと揺れた。

「ちょっと、早めに着いちゃったの。なんだか、緊張しちゃって」

「そっか……」

親しげな笑みを浮かべる秋奈の向かいに座った。魅惑の胸もとに視線が吸着しそうになり、慌ててあらぬかたを向く。

開放的な窓が壁一面にひろがっていた。窓の向こうには人工的な滝があり、きらめきながら透明な水があとからあとから流れ落ちている。

　五月初旬の、やけに蒸し暑い日だった。戸外は不快な湿気と熱気だが、ホテルの中はほどよく空調が効いていてとても快適だ。もっとも、この期《ご》に及んでも入江の心はいささかブルーで、とても快適とはいいがたかった。

「あれ？」

　秋奈の隣の席を見た。注文したアイスティらしき飲物は置かれているが、そこにいるべき人物が見当たらない。

「ああ、今トイレに……あの娘もけっこう緊張してるみたいで」

　秋奈はちらっと隣を見て、アイスコーヒーのストローを口に含んで微笑んだ。

「あはは。なるほど……」

　入江は曖昧に笑い、ホテルのスタッフを呼ぶとウーロン茶を注文した。こちらを見つめる秋奈と目が合い、幼なじみがくすっと笑う。

（面倒だな）

　親しげな笑みを返しながらも、心の中では早くもこの状況にうんざりしていた。

（なんだか、結婚に向かってまっしぐらみたいな感じになってきちゃっているぞ）

　ただの遊びのつもりだったのに、気がつけばあれよあれよという間に秋奈のペースに乗せられていた。

幼なじみだった秋奈と偶然再会したのは半年ほど前のことだ。縁あってまた近くに越してきたため、かつて暮らしていた街をノスタルジーとともに訪ねてきた秋奈とバッタリ出くわしたのである。

最初は互いに相手が誰なのかわからなかった。しかし、チラチラと互いに相手を見るうちに「もしかして……」ということになったのである。

秋奈は四年前に事故で夫を失った。

現在はシングルマザーとして、十三歳の娘を一人で育てながら会社勤めをしている。いわゆるキャリアウーマンで、会社からはけっこう厚遇されているらしく、その暮らしぶりはまずまずのように見えた。

一方の入江はといえば、仕事はフリーランスのプログラマー。今年でもう四十歳になるが、この歳になるまで結婚の経験はなく、生まれ育った古い家に、今は一人で暮らしていた。

女が嫌いというわけでは決してなかった。だが若い頃、恋に失敗した手痛い経験がトラウマになっていた。

結婚すら考えた相手に平気で二股をかけられていたショックから、どこかで「しょせん女なんて……」と忌避するようになったまま歳だけを重ねた。

もちろん、遊びはそれなりにこなしてきている。女なんて遊びで十分だとも、どこかでずっと思っていた。

だから、最初は当然秋奈もそんな対象でしかなかった。幼なじみだという点は、ほかの女性にはないポイントだったが、それでもやはり入江はどこかで腰が引けていた。

もう俺は一生結婚なんかしなくてもいいと、本気で思いはじめていた矢先だった。

だが偶然再会を果たし、あろうことかその関係が肉体にまで進展すると、秋奈は入江にぞっこんになり、さかんにアプローチをしかけるようになってきた。

決して悪い女ではない。むしろ、俗にいう「上玉」の部類に入る女であろう。

明るい癒やし系の妹キャラ。愛くるしい美貌の持ち主で、笑うと目が垂れがちになる。しかも、その肉体はむちむちと肉感的で、男なら誰もがそそられる巨乳やヒップの持ち主でもあった。

そのうえ、なんと秋奈はその愛らしい美貌とは裏腹に、好色で淫乱な血の流れる、感度抜群の痴女でもある。

こいつ、こんなにスケベな女だったのかと今さらのように驚きながら、入江は秋奈とのセックスに溺れて「まったく女ってやつは……」などと思いながらも、その好色ぶりと豊満な肉体に抗いがたいものを感じている。

（でも……結婚となると、さすがに悩むな……）

運ばれてきたウーロン茶を、ストローを使ってチュゴゴと飲みながら、入江はますます重苦しい気分になった。

秋奈のことは嫌いではない。だが、魅力を感じている最大のポイントは、彼女が痴女でセックス好きであるということ、そして、むちむちしたその肉体だ。

生涯の伴侶を選ぼうとするとき、そんなことは決して決め手にはなりえないだろう。遊びで十分。どうせいつかは飽きてしまう——そう思うと、自分に夢中な秋奈のペースに巻きこまれてこそいるものの、やはりどこかできっぱりと関係を清算する道も模索するべきかという気持ちにもなってくる。

そろそろ私の娘にも会ってもらいたいの、などという展開は、明らかに危険信号以外のなにものでもない。

「あっ、来た来た」

秋奈がラウンジの入口を見て、柔和な笑みを漏らした。

（やれやれ）

入江は秋奈に合わせて微笑みながらも、心でうんざりとため息をつく。

ションベンくさい十三歳のガキンチョと挨拶をしたり食事をしたりするために、せっかくの休日を犠牲にしてここまでやってきた。

断りきれなかったのは、やはり秋奈の肉体への執着だろう。

まだ、もう少しの間はこのいやらしい女のスケベな肉体をたっぷりと堪能していたいと欲する貪欲なペニスがあった。

「千花子《ちかこ》」

秋奈は娘に声をかけ、目顔で入江が到着したことを伝えた。

さあ、ショータイムだ——本音はともかく、ここは大人の男として精いっぱい社交してやるかと腹をくくり、入江は後ろを振り向いた。

(えっ)

そのとたん、時間が止まった。

騒々しかった周囲の音さえピタリとやんだ。

「うう……」

少女は入江と目が合うや、困惑したように小さくうめいた。

そんな少女——加藤千花子という名の十三歳の乙女の姿に、入江は思わず視線を釘づけにしてしまう。

透明感あふれる清楚な顔だちだった。

美少女という形容以外のどんな言葉も思いつけない。

雛人形を思わせる、楚々とした和風の美貌。孤独な影を忍ばせた高貴なその美しさは、ピュアな輝きとともにたちまち入江を魅了する。

なんの変哲もない、中学生らしい私服だった。十三歳という年齢相応に、いかにも子供っぽい。だがその姿はとても愛らしく、どこか上品なたたずまいを感じさせる。

（おお……おおおお……）

入江は声が出なかった。ひと目千花子を見た瞬間から、自分の中のなにかを鷲づかみにされた。

子供から少女へと変わりつつある、繊細なガラス細工のようなか細い肢体をしていた。きめ細やかな美肌がこんがりと健康的に日焼けしている。

身長は百五十五センチほどといったところであろうか。

ぺったんこながらも、胸もとがいくらかふっくらとしはじめている。

スカートの裾《すそ》から伸びる脚はすらりと長く、見れば手も、華奢ながら長くて形がいい。指先を彩る薄桃色の爪は、艶々《つやつや》としていて形もかわいかった。

そのうえ、戸惑ったように立ちすくむ少女の身体からは、もう何十年も嗅いだことのない、子供のような乳くさいアロマがほんのりと香っている。

（ま、まずい）

秋奈たち母娘の前だというのに、股間をもっこりと盛りあげそうになった。入江は慌てて千花子から目を背けて「落ち着け、落ち着け」と自分を制す。

「千花子、このかたが入江義人さん。ママの幼なじみで、仲よくおつきあいさせてもらっている男性よ」

秋奈が明るい声でそう言い、早く座りなさいというように娘をうながした。

「うう……」

千花子はそんな母親に従うものの、この場にいることが苦痛でしかたがないという本音は、やはりはっきりと透けて見えていた。

——なにしろ中学生で、多感な時期だから。もしかしたら、突然母親の交際相手として現れたお兄ちゃんを快く思っていないかもしれない。いまだに死んじゃった父親を慕っているようだし。でも、私が必ずなんとかするから……。

秋奈は入江にそう言って、いやがる娘をこの場に連れてきた。だが、千花子の態度を見るかぎり、本当になんとかなるのかと突っこみたくなるほどのかたくなさだ。

「………」

千花子が押し黙り、入江も口をつぐむ。

秋奈が一人必死になって、入江のことを千花子に説明しはじめた。しかし、もう入江にはそんな秋奈の言葉すらまったく耳に入ってこない。

(俺、ロリコンだったのか。いや、違う。そんなはずはないけど……)

激しく動揺しながら、とくとくと心臓を打ち鳴らした。

斜め前に座った美少女をちらっと見る。

千花子は不機嫌そうに長い睫毛《まつげ》を伏せ、母親の言葉に押し黙っていた。

(千花子……加藤千花子……)

なにかが入江の中で動きはじめた。なにかが確実に変わった。

清楚な美少女に見とれてしまい、入江は生唾を飲みこんだ。

こうしてこの物語は幕を開ける。

四十男の本人ですら予想もしていなかった変態と倒錯、ドロドロにとろけた、ゆがんだ愛の物語が。

第一章　深夜の秘めごと

1

「あァン、お兄ちゃん……」

「秋奈、んっ……」

……チュパ。ピチャ、ぢゅる。

深夜の寝室に粘っこい汁音が響いた。

入江と秋奈のとろけるようなディープキス。

クイーンサイズのベッドに潜りこんだ二人は、互いの身体をかき抱き、卑猥な行為にのめりこむ。

「だめ。困る……んっんっ……あの子、きっとまだ起きてる……」

入江に求められた秋奈は幸せそうにしながらも、同時に娘の千花子を気にした。ドアを開ければすぐそこに、千花子に与えた六畳の勉強部屋がある。秋奈が不安がるのも無理はなかった。

「大丈夫。ていうか……夫婦で愛を確かめ合っているんじゃないか。悪いことしてるわけじゃないだろ」

「そ、それは……んっんっ……そうだけど……あァン、お兄ちゃん……」

「ほら、もっと舌を出して……」

「ムハアァ、あぁ、恥ずかしい……んっんっ……」

入江に命じられ、秋奈はさらに舌を突き出した。

二人のキスは唇を求め合う熱烈なものからエスカレートし、舌と舌とを戯れ合わせる淫靡なベロチューに変わっていた。

しかし秋奈は照れくさそうに、少ししか舌を出そうとしない。

そんな新妻をもっといやらしくさせようと、入江は秋奈に命じた。秋奈は恥じらいながらも、愛しい夫の求めに応える。

（ああ、秋奈……エロい顔……）

入江は薄目を開け、はしたない接吻に身をゆだねる幼なじみの妻を見た。

思いきり舌をさし出すせいで、癒やし系のキュートな美貌が不様に崩れている。口のまわりが舌に引っぱられていやらしく強ばっていた。鼻の下の皮が下品に伸び、鼻の穴も縦長に伸張している。

入江は美しい女のそうした顔つきを見るのが大好きだ。愛してもらえた男だけに許された特権なのだと思うと、お宝感はどうしたって増す。

それに――。

(くぅ、ち×ぽにビンビン来る!)

恥悦を露《あらわ》にして貪り合うディープなベロチューは、視覚的な興奮ばかりではなく、直接ペニスにもキュンキュンと来た。

舌と舌とが擦《こす》れ合うたび、甘酸っぱい疼きが股間にひらめく。

肉棹がムクムクと硬度を増し、パジャマのズボンを押しあげて、こんもりと亀頭の形を突っぱらせる。

「はあァン、お兄ちゃん……いやン、あぁ、ンハアァ……」

「秋奈、愛してる。俺、幸せだ……大好きなおまえと結婚できて……」

「あぁあぁ……」

とろけるような接吻にふけりつつ、着ているものを脱がせていく。

秋奈が身につけているのは、新妻らしい色香に満ちた薄桃色のパジャマだった。入江は鼻息を荒げては、まずは上着を、つづいてズボンを新妻からむしり取っていく。

はじめて千花子を紹介されたあの日から、すでに五カ月が経《た》っていた。

秋奈とは二カ月前に電撃入籍を果たした。

千花子もいっしょの新しい家族三人で、郊外にある入江の一軒家で希望に満ちた生活をはじめている。

秋奈にしてみれば、幼い頃に暮らした街での、人生の再出発だった。

亡き両親が遺してくれた入江の家は、築三十五年にもなる古い建物だ。だが、4LDKの二階建てで、広々とした造りである。

「あっはあぁァ……お兄ちゃん……」

「おお、秋奈……」

半裸に剝かれると、秋奈は色っぽく身をくねらせる。

おもねるように入江を呼んだ。パジャマの中から露出したのは、むちむちと肉感的な、熟女ならではのデリシャスな女体だ。

しかも二度目の新婚生活をはじめたからか、秋奈の身体はいっそう艶《なま》めかしい色気をにじませていた。

女とはじつに不思議な生き物である。

そうした秋奈のむっちり肢体に、入江もいやでも情欲が募った。

夜着につづいてブラジャーとパンティを、今がさかりと熟れまくる官能的な女体から次々と脱がせた。

「ああ、秋奈……た、たまらないよ、おまえの裸……はぁはぁはぁ……」

「ああぁん、お兄ちゃん……ハアァン……」

惜しげもなくさらされた幼なじみの魅惑の裸身に、今夜も入江はうっとりとする。

肉と脂のたっぷりと乗った三十六歳の豊熟女体は、どこもかしこもむちむちと、柔らかそうな肌質をアピールしている。

そのうえスタイルもなかなかのもので、手も脚もすらりと長く伸びやかだ。

出るところが出て引っこむところが引っこんだゴージャスな凹凸は、コーラのボトル顔負けのセクシーなボディラインを描いていた。

しかも美肌は餅肌で、抜けるような白さにも恵まれている。だが、やはり入江の淫情を刺激するのは、たわわに盛りあがった胸もとのふくらみだ。

部屋の明かりは今夜もとっくに落ちている。

しかし深い闇の中でも、小玉スイカさながらのまんまるなおっぱいが、ぼんやりと白く浮かびあがっていた。

「くうぅ、秋奈……」

「あっはああぁ……」

入江は秋奈に覆いかぶさった。両手でせりあげるようにして、柔らかな巨乳を鷲づかみにする。

「おお、柔らかい。それに……はぁはぁ……やっぱり大きいな、おまえのおっぱい」

「あァン、お兄ちゃん……そんなこと、言わないで。だめ。ひハッ、はあぁ……」

グニグニと、ねちっこい指遣いで豊満な巨乳を揉みしだいた。

秋奈はすべらかな肌質の持ち主だが、その肌は前戯のベロチューで早くもじっとりと甘い汗をにじませている。

「おお、こいつはたまらん。はぁはぁはぁ」

「あっあっ、ハァアン、だめ……いやン。そんなにおっぱい、いっぱい揉んだら……あっ、はぁぁあ、はぁぁぁ……」

ダイナミックに盛りあがる迫力たっぷりなおっぱいは、練絹《ねりぎぬ》のような柔らかさに富んでいた。

サディスティックに指を食いこませれば、浅黒い指をどこまでもズブズブと包みこむ。いかにも熟女の乳というその感触に、ますますペニスがいきり勃《た》ち、せつない疼きを放ちはじめる。

揉みしだく豊乳の頂《いただき》では、サクランボを彷彿とさせる大ぶりな乳首がぷっくりとふくらんでいた。

淡い鳶《とび》色をした乳輪は乳の大きさと比例するかのように、いくぶん大きめな円を描いている。そんな乳輪のまん中に、硬くしこってキュッと締まった乳芽が恥ずかしそうに震えている。

「いやらしいな、秋奈。乳首もこんなに勃起して。んっ……」

「ハアァン」

入江は片房の頂に、煽られるようにむしゃぶりついた。

そのとたん、秋奈の喉からは、ひときわ取り乱した淫声がはじける。

「ああ、いやン。あはあぁ」

秋奈はプリプリとヒップを振り、ベッドの上でのたうった。そうした新妻の過敏な反応に、入江はさらに興奮し、舐めたてる音も高らかに勃起乳首を吸引する。

「おお、秋奈……」

……ちゅうちゅう。ちゅぱ。

「ハァン、お兄ちゃん……あっあっ、いやン。乳首、そんなに吸わないで。あぁぁ」

入江の乳首責めに、秋奈はいちだんと悩乱していく。

自分が出してしまういやらしい声に当惑し、片手で必死に口を押さえるも、乳首をしゃぶられる快感には、やはりそうとうなものがあるようだ。

舌を乳首に押しつけて、マッチでも擦るような強さでねろんと舐めあげた。

秋奈は強い電流の流れる電極を押しつけられでもしたかのようだ。

熟れた肢体をビクン、ビクンと痙攣させては、いやなのか、もっと吸ってと訴えたいのか判然としない艶めかしさで、いっそう激しく尻を振って「あああ、あああ」と感きわまった声をあげる。

「くぅ、秋奈……ゾクゾクする」

責めれば責めるほどさらに激しさを増す秋奈の反応に、入江も淫らな気持ちが募った。片方の乳の先をドロドロの唾液で穢しまくるや、すかさずもう片方にもむしゃぶりつく。同じようにレロレロと舐め、舌ではじいてしこった乳首をしつこくあやす。

「ハアァン、お兄ちゃん……いやン。いやン。うあああ」

すると、秋奈はくなくなと官能的に身をよじった。剝き出しにされた股間を自分から入江に擦りつけるかのような卑猥な動きまでしてみせる。

「はぁはぁ……秋奈……気持ちいいんだな。ほら、乳首、こんなにドロッドロでビンビンだ……」

二つの乳勃起を仲よくそろって唾液まみれにした。

入江は双子のおっぱいをぐにゅり、ぐにゅりとねちっこい手つきで揉みしだき、伸ばした指で汁まみれの乳首をビンビン、ビビンと軽快にはじく。

「あっはあぁぁ、あっあっあっ、お兄ちゃん……ああ、そんなこと……

……ビンビン。ビンビン、ビビン。

「うあああ、いやン。そんなことされたら、か、感じちゃう。感じちゃうンン！」

ねっとりと糸を引くよがり声が深夜の寝室に響いた。

「むぶぅン……」

秋奈は両手で自分の口を押さえる。実の娘に聞かせるには、あまりにもはしたない母の声だと焦燥が増したのに違いない。

「おお、秋奈……平気だ。千花子なら、もう寝ているさ。気持ちいいんだろ。恥ずかしがることなんかない。さあ、どんどん感じてくれよ」

秋奈が恥じらい、千花子を意識すればするほどよけいに燃えた。

そもそも本当のことを言うならば、いつだって入江の行為は「千花子こみ」だ。どこかで千花子を意識して、血のつながらない美しい娘にエロチックな欲望を感じながら、目の前の新妻と乳くり合っていた。

(千花子……まだ、起きているかな)

そう思うと、甘酸っぱさいっぱいの鳥肌が立った。

股間の猛りがキュンと疼き、ししおどしさながらに上へ下へと雄々しくしなる。

「あぁアン、お兄ちゃん……」

まさか自分を責めたてる夫が、心の中で娘を思っているとは夢にも思わないだろう。

秋奈は甘えたように柳眉《りゅうび》を八の字にして入江を見あげる。

朱唇から零れる熱い吐息が、入江の顔面を生暖かく撫であげた。

(よし。今夜こそやってやる)

入江はひそかに決意した。今まで何度も行動に移そうとしては思いとどまった禁断の行為に、今夜こそ打って出るのだと。

機はとっくに熟していた。

「おい、秋奈、わかってるぞ」

はぁはぁと息を荒げて彼を呼ぶ秋奈に、入江はニヤリと笑って言った。

新妻の瞳は妖《あや》しく濁っていた。

そのうえキュートな美貌には、熱でも出たかような腫れぼったさが増し、色っぽく火照って赤味を増している。

「……えっ」

入江の言葉に、秋奈は眉をひそめた。

「千花子に聞かれたらどうしようって思うと、よけいエッチな気持ちになるんだろ」

入江はいたずらっぽく微笑んで、瞳の奥までのぞきこむような視線で秋奈をじとっとにらみすえる。

「——ぅう。お兄ちゃん、そんな……」

「嘘を言ってもお見通しだからな」

「えっ……ええっ」

「なにしろ幼なじみなんだ。おまえが考えていることなんか……全部筒抜けだよ！」

「きゃっ。あの、お兄ちゃん……あああ……」

入江はいよいよ行動に出た。

秋奈の手首を取るや彼女を引ったて、クイーンサイズのベッドから抜け出す。

2

「お兄ちゃん、あの……なに？」

「いいから。ほらおいで、こっちに」

入江はそう言うと、戸惑う全裸の新妻を引っぱり、ドアへと向かった。

「ええっ、ちょ……ちょっと、待って」

「来るんだ」

「あああ……」

仰天した秋奈は両脚を踏んばって入江に逆らおうとした。

しかし、入江は許さない。いやがる秋奈に有無を言わせず、いっそう横暴かつ強い力で一糸まとわぬ新妻をグイッと自分に引き寄せる。

「ああ、お兄ちゃん、ど、どこへ……」

「フフ。ドキドキするだろ」

入江はニヤッと笑って、ノブをつかんでドアを開けた。

その向こうにひろがるのは、親子三人で暮らすこの家の二階の風景だ。

二階には三室ある。

夫婦の寝室として使う八畳の右隣に、四畳半の洋室がある。

ここは入江の仕事場になっていた。

そして寝室のまん前には、階下へとつづく階段を隔てて、千花子に与えた六畳の勉強部屋が向かい合っている。

「……えっ。えっ、えっ。ちょ……お兄ちゃん!?」

「おいで、秋奈」

ドン引きしたらしい秋奈は、さらに両脚を踏んばらせて入江に抵抗した。

夜目にも白い裸身が艶めかしく闇に浮かびあがっている。その胸もとではたわわなおっぱいが、秋奈が懸命に動くたび、たっぷたっぷと重たげに揺れた。

「い、いや。お兄ちゃん、いやッ……」

「来なさい!」

「きゃああ。いや……いや、いや、いやあぁ……」

抗う新妻に焦れた入江は獰猛な力で彼女を引っぱる。

どんなに逆らってみたところで、しょせんは女の力だ。本気を出した夫の力に抵抗しきれず、美熟女はたたらを踏んで愛娘の部屋の前へと引きずり出される。

「あぁん、お兄ちゃん……ひぃい──」

入江は汗ばむ秋奈の背中を千花子の部屋のドアにそっと押しつけた。

秋奈はギョッと目を見開く。首をすくめて両手を口に押し当てた。

(クク。やっぱり起きていたか)

入江は今にも笑いそうになった。

厚い扉で遮られてはいるものの、千花子のプライベートルームからは、娘が聴いているらしき音楽がくぐもった音で漏れている。

「お、お兄ちゃん!?」

秋奈はもはやパニック寸前だ。だが、声を出したくてもこの状況ではとても声などあげられない。

入江はそこにつけ入った。

ひとつ間違えばとんでもないことになる。そう思うと、禁忌なスリルとエロチックな興奮が混じり合い、燃えあがるような昂《たかぶ》りにかられる。

「ほら、股を開けよ、秋奈」

ヒソヒソと、まっ暗な闇の中で入江はささやいた。

「ええっ、そんな……いやよ。いや──」

「いいから……ほら」

秋奈は冗談ではないとばかりに髪を乱してかぶりを振った。しかし、痺れるような興奮の虜《とりこ》となった入江が、そんなことで許すはずがない。

秋奈の前に膝立ちになると、閉じようとする新妻の膝の間に両手を入れた。そのまま一気呵成《いっきかせい》に両手を開いて、新妻を身も蓋もないガニ股にさせる。

「ひいい、い、いやだ。お兄ちゃん、こんなところで――」

「こんなところだから、よけいエッチになるんじゃないか。んっ……」

うろたえた秋奈は必死に脚を戻そうとした。

しかし、入江は先手必勝とばかりに新妻に脚を開かせたまま、いきなり舌を飛び出させる。

淫靡な責め具となった舌を股間のワレメに、サディスティックに突き立てた。

「――ンムウゥッ……!?」

秋奈は口を覆ったまま、たまらず裸身を硬直させた。入江の舌はとろけた秋奈の淫肉と、粘りと温みを感じさせる豊潤な愛液をリアルに感じる。

「おお、秋奈、スケベだな。なんだかんだ言いながら、もうこんなに濡れてるじゃないか。んっんっ……」

「ンヒイィ、お兄ちゃん……いやだ、いやだ。いやだ。やめて。やめてえ。んんんん」

……ピチャピチャ。ねろん。

扉一枚隔てたそこに、中学生の娘がいるリスキーきわまりないシチュエーション。中学生の母親——全裸にさせた熟女をガニ股姿に貶めた入江は、さらされた股間にむしゃぶりつき、舐め音も高らかに、ぬめる秘割れを舌であやす。

秋奈の卑猥な肉溝は、早くも濃厚な蜜を分泌させていた。

とろみを帯びた牝シロップが入江の舌にドロドロと、あとからあとからまつわりついてくる。

肉厚の秘丘は今夜もこんもりと盛りあがっていた。

滋味に富んだ脂肪の存在を感じさせる白い丘陵が、柔和なまるみを見せつける。ふっくらとした肉の質感にも充ち満ちていた。

そんなジューシーなヴィーナスの丘に、黒い縮れ毛が控えめに生えている。

黒というよりは、栗色に近い色合いだ。

繊細な秘毛が艶めかしくもやついていた。くぱっと開いた妖しい秘花は、そんな陰毛の下に生々しいローズピンクを見せつける。ワレメ自体が比較的小さく、恥毛の細さも相まって、全体的にとても控えめな感じがする。

しかし、控えめなのはその大きさやたたずまいだけだ。

ふだんは愛らしく憎めない妹キャラ。会社ではバリバリ仕事のできる女だが、そんな秋奈は夜の床で別人のように豹変した。

小ぶりで愛らしいこの女陰も、ひとたび発情すると随喜の涙のように牝涎を滴らせる卑猥な裂け口へと本性を露にする。

秋奈は淫婦だ。男なしでは夜も日も明けない好色な素顔を秘めているのがこの女の裏の魅力である。

今夜もそうした秋奈の性情は隠しようもなく露になっていた。

「こんなこと、困る」と口にする言葉に、嘘偽りは微塵もないだろう。しかし同時に、その身体が戸惑う気持ちとは裏腹に、どうしようもなく燃えあがってしまうことも、まぎれもない事実なのだ。

「んっんっ……感じるだろう、秋奈。嘘をついてもまるわかりだぞ。おまえのマ×コ、うれしそうに、ああ、こんなにひくついて」

入江は新妻をガニ股姿に拘束し、股のつけ根に裂けたエロチックな肉溝に、さかんに舌を擦りつけた。

「あハァ……いやッ……だめぇ。あっ、あっ……お兄ちゃん、声が出ちゃう。私、ほんとに声が出ちゃうンン……」

性感スポットをネロネロと執拗に舐めほじられ、秋奈はますます昂った。

娘の目と鼻の先で、はしたない行為に溺れる自分に狼狽しつつも狂乱し、秘めた春情を裸の肌から鱗粉《りんぷん》さながらに匂いたたせていく。

（ああ、すごい汁……）

大胆な責め師を気取って秋奈を追いつめながら、入江もまた、スリリングな状況に緊張と興奮を感じていた。

果たして千花子は気づいただろうか。勉強部屋のドアの向こうに、妙に熱い気配がしはじめたことに。

いくら中学生だからといって、母親の艶めかしい声を耳にしたら、さすがに察するはずである。

そうなったら、あの清楚な美しい娘はいったいどうなってしまうだろう。今この瞬間、厚い扉の向こうではいったいなにが起きているのだろうか。

（おお、たまらん！）

千花子を思うと、淫らな情欲は痺れるほどに昂りを増した。

秋奈だけでなくその娘もまた、じわりじわりとサディスティックに責め嬲《なぶ》っている現実に、自分の中に知らなかった「もう一人の自分」がいたことをいやでも実感させられる。

「はぁアン、お兄ちゃん……だ、だめ……ここまでにして……お願いイィ……」

しつこくつづけられるクンニに、息も絶えだえになって秋奈は哀訴した。

だが、その肉割れはラビアの内側をこじろうとする舌にさかんに吸いつき、いやらしい動きで締めつけてくる。

ひくつく小さな肉穴からは、蜂蜜さながらの濃縮汁がニチャ、ブチュッと耽美な汁音を響かせて、甘酸っぱい匂いとともに搾り出される。

「クク。それ、本音かな、秋奈」

「えっ、ええっ」

「ほんとはメチャメチャ興奮してるんだろ。もっと私を追いつめてって、心から望んでいるんだろ」

「そ、そんな……ああ、だめ。私、そんな……はあぁぁ、ンムブゥン」

秋奈はまたしても、その手で口を押さえ直した。入江が責めの矛先をぬめる粘膜湿地から、その上に鎮座する勃起真珠へと変えたのである。

半端に莢から飛び出していた艶めくルビーを舌を使って完全に剝いた。まる出しにさせたとがり芽を残酷なまでの荒々しさで、ピチャピチャとしつこく上へ下へと舐めはじく。

「ンムウゥ、ンムウゥン、や、やめて……ああ、そんなことしたら……ひは、ひは」

エスカレートした入江の舌責めに、秋奈は艶めかしく浮き足立った。汗ばむ裸身をくなくなとくねらせ、右へ左へとヒップを振って危険な快感に身を焦がす。

……スリッ、スリッ。

(おおお……秋奈のケツがドアに擦れてる!)

湿った尻肉がドアに擦れて、小さな擦過音が闇の中に響いた。音楽を聴いている千花子に、この音は届いているだろうか。

生々しさあふれる擦り音と、実の母親が零す獣のような淫声に、十三歳の美少女はいったいなにを思っていることだろう。

「くうう、秋奈……」

思わず鼻息が荒さを増した。異常を増した状況に、脳内麻薬が湧き出る泉のように分泌する。

浮き立つようなトランス状態に突入した。理性が麻痺して卑猥なことしか考えられなくなってくる。

……ネチョッ。

「──ひいい、お兄ちゃん、いやだ……いやだいやだいやだッ。あああ……」

「おおお、すっごいヌルヌル……はぁはぁはぁ……」

剝き身の陰核に舌を擦りつけながら、ビビンと伸ばした二本の指をぬめる牝割れに挿入した。

秋奈の媚肉はまさに「蜜壺」そのもののぬかるみ具合である。

たっぷりの蜜がラードのようになって何層にも練り固められ、すぐには膣路の凹凸も、容易に指で触れられない。

「うう、秋奈……秋奈ッ」

「ムヒイィ……むぶぅ、んむぶぅ……」

……ぐぢゅる。ぬぢゅる。

秘核を舌で嬲りながら、同時に指でグチョグチョと肉の泥濘《ぬかるみ》をかきむしった。

かきまわされる肉洞からは、秋奈が今、一匹の下品な獣に堕ちていることを雄弁に伝える浅ましい汁音が秘めやかに響く。

新妻は必死に口を押さえ、いやいやと激しくかぶりを振った。

それでも声は漏れてしまう。「むぐぅ、んぐぅ」というエロチックきわまりないうめき声が、指の隙間から糸引く粘っこさで夜のしじまにあふれ出す。

(ああ、興奮する!)

痺れるような劣情で、どうにかなってしまいそうだ。

入江は千花子に聞こえるか、聞こえないかという微妙な音量を意識しながら新妻の牝洞をかきまわし、ヒダヒダをかきむしっては愛欲の汁を中からかき出す。

しかも、その舌はずっとクリ豆をはじきっぱなしだ。

剝かれっぱなしの肉豆がさかんにはじかれて、好色妻はブルブルと震える。究極の快楽地帯を舌と指とで責められて今にも腰を抜かしそうになり、さらに大胆なガニ股姿を惜しげもなく見せつける。

「あぁ……あぁぁ……」

そして、天を仰いであんぐりと間抜けなほど大きく口を開く。口中ではきっと喉チンコがブラブラとはしたなく揺れているのに違いない。

指を包みこむヌチョヌチョのヒダ肉が「いいの、いいの」とでも訴えているかのように休むことなく蠕動《ぜんどう》した。

驚くばかりの強さで二本の指を締めつけられ、入江は鼻息を荒くして、ペロペロ、ネチョネチョと二点集中の責めをくり出す。

「ヒイイ、お兄ちゃん……イッちゃう……私、イッちゃう。イッちゃうンン！」

秘めやかなささやき声で秋奈は限界を訴えた。

大胆に開いた白い太腿が痙攣し、最後の瞬間が近づいてきたことを入江に伝える。

「いいよ。イキな、秋奈。イカせてやる。そら。そらそら、そら！」

「んんゥゥゥ」

入江はいっそう狂おしい指ピストンと舌責めで秋奈を狂乱させた。

夫の指を咥えこんだまま、熟女妻のヒップがいやらしくくねり、左右どころか前後にまでカクカクとしゃくられる。

「おお、秋奈、なんてエロい腰のしゃくりかたなんだ。イクんだな。イクんだな!?」

「ヒハアァ、気持ちいい。ああ、イッちゃう。イッちゃう、イッちゃう。あああ！」

……ビクン、ビクン。

「秋奈……」

とうとう全裸の新妻はオルガスムスに突き抜けた。

ドアから背中をベリッと剝がすと、ワレメに指を食いしめたまま、じつに間抜けなへっぴり腰で、アクメの多幸感に酔いしれている。

その顔つきはまさに凄艶《せいえん》そのものだった。

天に向かって顎を突きあげ、半ば白目を剝いている。

細い顎があうあうと震えた。

半開きになった朱唇からは粘つく涎がドロドロとあふれている。

秋奈が背を預けていた木のドアは、彼女の汗と熱気でべっとりと濡れていた。

ひときわ強く押し当てられていたらしいヒップの形が二つ並んで、魚拓ならぬ「尻拓」を官能的に残している。

3

「おお、秋奈、はぁはぁはぁ……」

「あぁン、お兄ちゃん……ひはぁ……」

秋奈はまだなお絶頂の白濁から抜けきってはいなかった。

しかし、入江はふらつく妻の手を引っぱり、再び二人の寝室へと駆けこむような勢いで戻る。

「あっはあぁ……」

フカフカのベッドに秋奈を仰臥させた。自らもまた、パジャマと下着を脱ぎ捨てる。

闇に露になったのは、このところ毎夜のように秋奈を狂喜させている、人並みはずれた極太だ。

その長さは全長約十六センチ。

長さだけでなく胴まわりも太い。そのうえゴツゴツとワイルドで、掘り出したばかりのサツマイモを思わせる形状である。

「あぁん、お兄ちゃん……」

秋奈はこれまたいつものように、そんな股間の巨塊をうっとりと見た。

入江は秋奈に見せつけるように、何度もアヌスを締めつけては、ビクン、ビクンと怒張をしならせる。

「ハアァァン……」

反り返るペニスの棹部分には、赤だの青だのの血管がこれ見よがしに浮きあがっていた。張り出した亀頭は松茸のように傘を開いている。

生殖への渇望を訴えるかのように、さかんに尿口をひくつかせては、ボンドさながらのカウパーをニヂュチュ、ブチュチュと漏れ出させる。

「おお、秋奈……もう、我慢できない。い、挿《い》れるぞ。ち×ぽ、挿れるぞ」

股の間に陣取って、臨戦態勢を調えた。

下腹部にくっつきそうなほど反り返っている男根を片手に取る。角度を変えて亀頭で肉ビラをかき分けるや、発情した粘膜にネチョネチョとカリ首を擦りつけた。

「はぁン、お兄ちゃん……挿れて。いっぱい挿れて。私ももう、我慢できないン！」

入江の猥褻な肉棒アピールに、秋奈もまた痴女の素顔を恥じらいもなく露にする。ペニスのリズミカルな動きに合わせて「早く、早く」とねだるかのように腰をしゃくっては、濡れた瞳で合体を狂おしいほど大胆に求める。

「おお、秋奈……秋奈ああっ」

――にゅるん。

「ひっはあアァ、ああ、お兄ちゃん……お兄ちゃああん、あああああ」

「うお……おおおお……」

ついに入江は秋奈の膣に、猛る怒張を突き刺した。指で責めていたときからわかっていたとおり、新妻の胎路は卑しい汁でねっとりと潤んでいる。

待望のペニスに歓喜して、ヒダがウネウネと蠢動《しゅんどう》した。下の口でも「お兄ちゃん、お兄ちゃん」とおもねるように、訴えるように、吸いつく強さで凹凸を棹と亀頭に密着させる。

「ぬぅう、秋奈……おお、ゾクゾクする！」

浅ましさを全開にした淫肉の持てなしに、入江もいちだんと発奮した。汗ばむ裸身に覆いかぶさり、熱く秋奈をかき抱く。

「はあぁん、お兄ちゃん、あっあっあっ、あっあっあっはアァァ」

そしてカクカクと前後に腰をしゃくり、疼く牡砲をぬめり肉の中で抜き差ししはじめる。やる気まんまんで痺れを放つ鈴口を夢中になって膣ヒダに擦りつけ、男に生まれた悦びを誰憚《はばか》ることなく堪能する。

……バツン、バツン。

「あああ、お兄ちゃん……い、いやだ。私、今夜は……いつも以上に感じちゃって。ハアァン、アハアアァ……」

いよいよはじまった男根責めに、汗みずくの秋奈もまた狂喜した。

嵐に吹き飛ばされまいとでもするかのように入江の裸身を抱き返し、炭火のような勃起乳首を夫の胸板に押しつける。

(ああ、気持ちいい!)

とろけるような快美感に、入江はうっとりとした。

結婚してからの二カ月というもの、飽くことなく新妻の肉体を貪ってきた。だが、今夜の秋奈のはじけっぷりとぬめり肉のとろけ具合は、はっきり言って特筆ものだ。

ヒダ肉が休むことなく波打つ動きで入江のペニスを絞りこむ。

ただでさえ狭隘《きょうあい》な膣路だ。それがいちだんと狭苦しさを増すせいで肉棒はますます窮屈さを感じ、抜くにも挿れるにも摩擦感がエスカレートする。

だが、もちろん痛みなど微塵もない。

肉穴の狭さをたっぷりの愛液がフォローして、快適な滑りを怒張に与えた。

そのうえ、淫肉の溶解度はさすが淫婦の本性を持つバツイチ妻である。

煮こんだトマトに極太を突き刺したようなグヂュグヂュ感に恍惚となりながら、入江はペニスをヒダヒダに擦りつけ、最奥部の子宮餅にくり返し、くり返し、亀頭の杵をお見舞いする。

「はあぁん、お兄ちゃん……あっ、あっ、あっ、ハアアアァ」

「くぅう、最高だ……」

肉傘と膣の凹凸が擦れ合うたび、火を噴くような電撃が瞬いた。

多幸感が脳内にひろがり、秋奈の膣奥にどぴゅどぴゅと粘り汁をぶちまけないことには、にっちもさっちも行かなくなってくる。

「はぁはぁ……秋奈、感じるだろ。千花子の部屋の前まで行って、あんなスケベなことをしたからだろ」

「アァァン……」

汗まみれのうなじにチュッチュと何度も口づけしつつ、ささやき声で入江は聞いた。汗を噴き出させた妻の裸身と肌が擦れ、ニチャリ、ニチャニチャと淫靡な粘着音が響く。ベッドのマットレスが不穏に軋み、ただいま母親はセックス中ですと、中学生の娘に知らしめるようなギシギシという音を立てる。

「ああ、お兄ちゃん……そんな……そんなぁ……あっあっあっあっ」

「クク。嘘をついてもわかるぞ。おい、どうする……ドアの向こうに、部屋から出てきた千花子がいて、俺たちがエッチする音に聞き耳を立てていたら」

「ええっ、ああ、そんな……あン、いやン……いじわる、いじわるゥン！」

――ブシュシュッ！

「うおおっ」

入江のドSなささやきに、痴女は興奮の度合いを増した。

かきむしられる膣園から潮なのか小便なのかわからない生温い汁を飛び散らせ、入江の股間を生温くさせる。

「おお、秋奈、はぁはぁ、いやらしい女だ。また、ションベンなんか漏らして」

乱れる秋奈に昂って、膣奥深くまで猛るペニスをますます激しく突き刺した。

うねる牝洞がますます旺盛に波打って、亀頭の先から根元まで輪切りにするかのような小刻みな刺激を注ぎこむ。

「ああン、困る。はぁはぁはぁ……そんなことを言われたら、よけい感じちゃう。お兄ちゃん、私、おかしくなっちゃうンン！」

「ションベン女」

「うあああ」

「下品なションベン女、千花子に知られたら、顔も合わせられないな」

「そんなこと、言わないで……あっ、あっ、あっ、感じちゃう……気持ちいい。お兄ちゃん、気持ちいいの」

「おお、秋奈……秋奈っ」

――パンパンパン！　パンパンパンパン！

「ハアアァ、ハアアアアァ」

二人の生殖行為はついにクライマックスへとなだれこんだ。

互いの身体をかき抱く。二人いっしょに腰をしゃくって、セックスだけが可能にするこの世の天国に溺れる。

(千花子……そこにいるのか。おまえの母親と俺が子作りしてる、スケベな音が聞こえるか)

入江はこっそりと、寝室のドアに視線を向けた。

ぴたりと閉じられた扉の向こうに、息を殺した千花子がいる——そう思うと、燃えあがる炎は轟々《ごうごう》と、さらに紅蓮《ぐれん》の劫火《ごうか》と化す。

(ああ、もうイク!)

どんなにアヌスを窄《すぼ》めても、吐精の誘惑に抗うことは困難だった。

奥歯を噛みしめれば噛みしめるほど、口の中いっぱいに甘酸っぱい唾液が増す。腰から背筋にザワザワと、鳥肌のさざ波が駆けあがる。

「ヒイィン、お兄ちゃん……ああ、気持ちいい。気持ちいいン。イッちゃう。イッちゃうイッちゃうイッちゃうンン。あああああ」

「おお、イク……」

「うあああ、あっあああああっ」

……ドクン、ドクン。

入江と秋奈は二人して、恍惚の極北に突き抜けた。

入江がペニスをビクビクと脈動させ、水鉄砲の激しさでザーメンを飛び散らせれば、彼にしがみつく全裸の妻も、なにもかも忘れて絶頂の耽美な痙攣に溺れる。

「秋奈……」

「はうう……ああ……あああ……気持ちいい……とろけちゃう……」

秋奈の美肌からさらなる汗が噴き出した。甘い匂いをした湯気がもわんとあたりにひろがっていく。

「おおお……」

秋奈は白目を剝いていた。ゾクッとするほどエロチックで品のない顔だ。

まさに淫乱。まさに痴女。

入江は射精の快感に恍惚とし、何度も陰茎を脈打たせながら、もしかしてこの好色なDNAは清純そのものに思える千花子にも受け継がれているのだろうかと考えた。

そう考えると、入江はなにやらゾクゾクと妖しい昂りをまたも覚える。

(千花子が淫乱……あんな清楚な顔をして、ひとかわ剝けば、あの娘も好色……)

ペニスがビクンと反応し、さらなるザーメンをドクドクと秋奈の膣奥にたたきつけた。

「はぁアン……」

そんな精液の淫らな連打に呼応して、またも秋奈が艶めかしい、媚びたような声をあげる。

「お兄ちゃん……私、ほんとに幸せなの……お兄ちゃんと結婚できて、うれしい……」

「秋奈、俺もだよ……」

甘える新妻に入江は応え、汗を光らせる額にチュッと口づけた。

――俺もだよ。

その気持ちに嘘はない。

入江は吐精の悦びに酔いしれながら、再び心で千花子を想った。

第二章　美少女の匂いを嗅ぎながら

1

「千花子、忘れ物ない？」

「うん……」

美しい母娘二人はいっしょに靴を履きながら、玄関の三和土《たたき》で会話を交わした。

秋奈はシックなビジネススーツに身を包んでいる。

一方の千花子は中学校のかわいい制服姿だ。

この家に越しても学区は変わらずにすんだため、同居をはじめる前と同じ着なれた制服姿である。

そんな二人を、相好《そうごう》を崩しながら入江が見送りに出ていた。結婚してから毎日のように行っている、新しい家族の儀式のようなものである。

(やっぱり、美しい……)

公平に妻と娘を見送るふりをしながら、そのじつ入江の興味のすべては千花子一人に集中していた。

どんな装いをしていても、愛らしく上品なたたずまいを見せる娘だ。だが、やはり入江は中学の制服姿にもっとも激しく股間が疼く。

まさに思春期まっただ中の、今このとき限定の装いだから、どうしたってお宝感には格別なものがある。

白いセーラーブラウスに、濃紺のイートンジャケットを合わせている。リボンタイは淡い紺で、膝丈のスカートは紺とピンクのチェック柄だ。

千花子は今日もそんな秋冬用のセーラー服に華奢な肉体を包みこんでいた。

ヒラヒラと翻《ひるがえ》るスカートの裾から、すらりと細い脚が伸びている。

紺のハイソックスに黒いローファー。几帳面に自分で手入れをするローファーは、今日も品よく光っていた。

背中まで届くストレートの黒髪をいつものようにポニーテールにまとめている。

露になった白いうなじに、妙に大人びた色香がある。

入江を意識してぎこちなく強ばらせる清楚な美貌にも、ふるいつきたくなるような凄烈なエロスが感じられた。

（ああ、千花子……）

にこやかな笑みをたたえて玄関ホールに立ちながら、入江は妄想の中で千花子を抱きすくめた。露になった白いうなじに、ねっとりと自分の舌を這わせる様を想像すると、ペニスがピクンと甘酸っぱく疼く。

（いかん、いかん）

慌てて耽美な妄想を脳内劇場から追い払った。さわやかな朝の見送りのはずなのに、ジャージのズボンがもっこりとふくらんでしまっては洒落にならない。

穢してはいけない無垢なものを大人の男のどうしようもない狂おしさでべっとりと穢しているような背徳感を覚えた。

いや、去来するのは背徳感だけではない。

罪の意識、昂揚感、そして得も言われぬ官能――。

「じゃあ、行ってくるわね」

秋奈はパンプスを履き終え、色っぽく笑って入江に言った。

千花子はひと足先に準備を調え終わっていたが、そんな秋奈の後ろで居心地悪そうになだれる。

「行ってらっしゃい。二人とも、車に気をつけて」

千花子が毎朝の見送りを好ましく思っていないのは明白だ。

そもそも入江とはなるべく顔を合わせないようにしていることも知っている。

だが、入江は今日も気づかないふりをした。さわやかな笑顔で妻と娘を明るく送り出す、人のいい男の演技をする。

そんな入江に秋奈は目を細めて笑い、かわいく手を振って玄関から出ていく。

一方の千花子はいつもと同様「行ってきます」のひと言もなく、硬い顔つきで母親に従い、玄関ドアをそっと閉じた。

「ふう……」

遠ざかっていく二人の足音と、楽しげに秋奈になにごとか話す千花子の声を聞き、入江はため息を漏らす。

その表情はがらりと変わっているだろうと自分でも思う。

彼はフリーのプログラマーなので、自宅を仕事場にしていた。

結婚してからは、夫婦の寝室の隣にある四畳半の洋室を仕事のためのスペースにし、そこであれこれと作業をしている。

千花子が帰ってくる夕方まで、この家は入江一人のパラダイスだ。

そして、そのたった一人の楽園を彼は妻にも娘にも内緒で、さらに淫靡なほの暗い空間へと変えていたのであった。

「…………」

ジャージのズボンに手を突っこみ、中からあるものを取り出す。

鍵だ。

鈍い光を放つ銀色の鍵が、浅黒い指に摘まれている。

「クク」

入江は口角を吊りあげ、ニヤリと笑った。きびすを返し、玄関ホールをあとにする。

リビングに入るや、二階へとつづく階段を鼻歌まじりにのぼった。

階上に着く。

左に行けば夫婦の寝室と仕事場が、右に行くと千花子の勉強部屋がある。

めざすはもちろん、千花子の部屋だ。

娘の部屋の前まで来ると、手にした鍵を鍵穴にさしこんでまわす。

ガチャリ——呆気なく鍵がはずれた。入江は再びニンマリと悪辣《あくらつ》な笑いをその顔に

のために鍵をつけてやった。
「千花子は年頃だからな」などと愛娘を慮《おもんぱか》り、勉強部屋にはプライバシー保護のために鍵をつけてやった。

合鍵は母親の秋奈に管理させ、入江はいっさいタッチしないと表向きには宣言している。

だが、じつはこっそり自分用の合鍵を作っていたのであった。

そうとは知らない十三歳の美少女は、自分の部屋の中だけは入江に見られないことに安堵して、突然現れた新しい父親との生活をぎこちなく送っている。

まさかこうして易々と、自分のいないときに入江が出入りしていると知ったら、どれだけパニックになるかわからない。

「ウッククク……」

いけないことをしていると思うと、それだけでペニスがエレクトしそうになる。

ノブをつかんだ。ゆっくりとまわす。勉強部屋の木の扉を手前に開いた。

「おおお……」

すると今日もまた、ほかの部屋とは明らかに違う甘酸っぱさいっぱいのムンムンした香りが開扉とともに蒸気のように漏れた。

美貌の女子中学生が家にいる時間のほとんどを過ごす六畳の洋室は、まさにこの世の花園のようである。

入江はうっとりとした。

年頃の少女ならではのかぐわしく濃密な甘いアロマを鼻腔《びこう》いっぱいに吸いこむ。脳髄に染みわたる甘美な悦びに、なにもかも忘れて酔いしれる。

かつては入江自身の勉強部屋だった。そのころは生ぐさい精液の臭いがプンプンしていたが、変われば変わるものである。

「おお、千花子……」

いつものようにムクムクと、いよいよ本気で男根が硬さと大きさを増してジャージのズボンを盛りあげた。

主のいなくなった勉強部屋に、そっと足を踏み入れる。

千花子の管理する部屋は整理が行き届いていた。いかにも十代の娘らしい、みずみずしい華やぎに充ち満ちている。

部屋の内装は上品なホワイト系で統一されていた。勉強机も白ければ、椅子も白、本棚も白、そのうえベッドも清潔感あふれる白系でまとめられている。

枕もとに置かれたユーモラスな黒猫のぬいぐるみが千花子の子供っぽさをアピール

していて、なんだかとても微笑ましい。

几帳面で真面目な性格を物語るように、本棚の参考書やコミック、書籍などは乱れひとつなく並べられていた。

机の上もまったく散らかっておらず、よけいなものはなにも置かれていない。

ただひとつ——木目調のシンプルなフォトフレームに飾られた一枚の写真を除いて。

それは千花子が亡き実父と二人で撮った、思い出の写真だった。

写真の中の千花子は、小学校の一年生か二年生ぐらい。いかにもまだあどけなく、髪の毛もショートにしていて、入江の知る千花子とは別人に思える。

なにより別人に感じられるのは、喜びを爆発させているその無垢な笑顔であろう。

優しげで男前でもあるダンディな父親に抱きついて、無邪気な笑いとともにこちらを見ている。

とても幸せそうだ。そしてそれはなによりも雄弁な、千花子から入江へのメッセージにも感じられる。

もちろん、千花子は入江がこんなふうに自分の部屋を堂々と徘徊しているなどとは夢にも思っていないだろう。

「ああ、千花子……」

丁寧に整えられたベッドに身体を投げ出し、仰向けになった。

部屋の中にたゆたうフレッシュな残り香に、まだなおクラクラと来ていたが、ベッドに仰臥すると、千花子のアロマはますます強烈に鼻腔に染みわたった。

「おお、千花子の匂いがする……」

うつ伏せになり、千花子の枕にギュッと顔を押しつける。

鼻を鳴らして匂いを嗅げば、千花子の使うシャンプーの甘い香りが痺れるほどの強さで鼻の穴に飛びこんでくる。

まさにこれは千花子の髪に直接鼻を埋《うず》め、匂いを嗅いでいる気分だった。入江はますますビンビンと疼く男根をおっ勃てる。

「千花子……すんすん……すんすんすんすん……」

そして身悶えながら、何度も何度も枕の匂いをドラッグのように決めた。

「ゆうべもここに寝ていたんだよな。かわいい千花子……美しい千花子、おおお……」

枕の匂いを嗅ぐだけでは飽き足らず、入江はベッドを下降する。

千花子の股間が密着していた部分に達するや、ムギュッと息がつまるほど、おのれの顔を白いシーツに押しつけた。

「うおお、千花子……ここだよな。おまえのマ×コがもしもくっついていたとしたら……すんすん……ああ、匂う……ここからも千花子の香りが。すんすん……」

腹這いになり、身悶えながら淫靡なスポットに残る香りを思いきり吸う。

千花子の華奢な身体からほのかに匂う、甘酸っぱさと乳くささが混じり合ったかのような体臭が、ほんのりとベッドの生地から香ってくる。

「ああ、たまらん……ここに千花子の、まだあどけない、かわいいオマ×コが……はぁはぁはぁ……おお、千花子……千花子、んっんっ……」

入江は舌を飛び出させ、ベッドをレロレロと舐めあげた。妄想の中では美少女の股間を剝き出しにさせて舐めしゃぶっている。

誰かに見られでもしたならば、変態認定間違いなしの、言い訳しようのないはしたない振る舞いだ。

だが、これは一人きりになれば必ず行うお約束の儀式である。

この変態男がと、笑わば笑えと入江は思った。

もともと変態だったのではない。

運命の出会いを果たした千花子のせいで、たがはずれて理性が狂い、こんなことをするような卑猥な男に堕ちてしまったのである。

2

「はぁはぁ……おお、ゾクゾクする……」

ひとしきり、身悶えながら残り香を心の趣くまま吸引したあとだった。

入江はジャージと下着を脱ぎ捨て、千花子のベッドで全裸になる。

枕もとにはズボンのポケットから、すでにスマートフォンを取り出していた。あとで必ず使うことになる、ティッシュの束もスタンバイ済みだ。

スマホを手に取ると画面を操作して、あるアプリを起動させる。

動画再生ソフトだ。

再生する動画を選んでスタートさせると、小さなスマホの液晶画面に薄暗い映像が映し出された。

「おお、千花子……」

入江は目を見開き、スマホの画面を注視した。映し出されているのは千花子のこの部屋である。

時刻は昨夜。部屋の明かりはとっくに落ちていたが、ベッドの中でモゾモゾと動く千花子の姿をとらえている。

「ちょうど、俺たちが部屋の前で乳くり合いはじめた頃だ。おっ……」

思わず声をあげ、枕から頭をあげて画面に見入った。

千花子がかけ布団をあげ、ベッドに上体を起こす。困惑した顔つきで、部屋の戸口に視線を向けている。

「やっぱり、気づいていたんだ。ああ、千花子……はぁはぁはぁ！」

思ったとおり、実の母親とその新しい夫の卑猥な気配に千花子は一人困惑し、うろたえていたのであった。

どうしたらいいのだろうと小さな胸をドキドキさせているのが、薄暗く小さな画面でもよくわかる。

「くぅ、千花子……」

入江はたまらず股間の勃起を手に取った。すでにガチンガチンに反り返っていた極太は焼けるような熱を放っている。

リズミカルな手コキで灼熱の肉棒をしごきはじめた。

しごかれるのを待っていたやる気まんまんの発情ペニスはシュッシュと上下に擦過され、甘い疼きを瞬かせる。

ずいぶん迷ったすえ、千花子はベッドからそろそろとおりた。

嫌悪に顔をしかめつつ、闇の中に立ちつくす。

日中はポニーテールにまとめられていることの多いストレートの髪が背中まで黒々と流れていた。

艶めくその黒さのぶん、抜けるような肌の白さがいっそう鮮烈なインパクトを放つ。

千花子はやがてそろそろとドアに向かって、息を殺して近づいた。

そんな千花子を隠し撮りしているのは、入江が自らこの部屋にしこんだ一台の盗撮カメラだ。

部屋の中での少女の行動があまさず盗撮できるよう、火災報知器を装ったカメラを天井にしかけていた。

この部屋に入江が出入りするのは、そんな盗撮機器の管理とメンテナンスのためでもある。

録画は部屋でなにかが動き出すと自動的にはじまるようになっていた。

記録されたデータはあらかじめ設定してあるクラウド上のスペースに蓄積されるようになっている。

したがって、入江はいつでも好きなときにスマホを操作し、盗撮した映像をこっそりと鑑賞できるのだ。

「おお、千花子……やっぱり来てたんだな。ああ、こんな近くまで……」

入江はベッドに横たわり、しこしことペニスをしごきながら食い入るように画面を追う。

千花子は黄色いキュートなパジャマの上下だった。

すらりと伸びやかなみずみずしい肢体は、こんなリラックスした装いに身を包んでいるときさえ、フレッシュかつ生々しい色香を放っている。

――ううっ……。

千花子は眉間に皺を寄せ、嫌悪を露にしていた。

おそらくドアの向こうでは、すでに入江はドアに妻を押しつけ、卑猥な行為を本格化させているのではないだろうか。

音声も同時に記録していたが、さすがにドアの向こうで起きている乳くり合いの音までは録音できていなかった。

だがそのかわり、ドアを見つめて行ったり来たりをくり返す、千花子の戸惑う姿のほうは、思いのほか鮮明に撮れている。

――うう……ふざけないで……。

憤った千花子は、ドアをにらんで声を震わせる。

「クク。いいぞ、いいぞ……」

入江はドキドキと心臓を高鳴らせ、過敏さを増した肉棒を一心にしごいた。

この部屋にいるときの千花子の映像は、すでにそれなりの期間、内緒で目撃しつづけていた。だが昨夜のように、その目と鼻の先でいやらしい行為をして少女を挑発してみせたのははじめてのことである。

――うう、いや……お母さんのばか……。

千花子は床に立ちつくし、両手で耳を塞いでは、すぐまた耳から指を離し、じっとドアを見つめた。

大きく何度も深い呼吸をくり返す。

汚いものでも見るかのようにドアをにらみはするものの、今まさにその向こうで行われている生々しい出来事から、どんどん興味を離せなくなっているのがよくわかる。

「おお、千花子……」

千花子はそろそろと、さらにドアへと近づいた。何度もためらってみせたあと、怯《おび》えながらも闇に瞳を輝かせ、そっとドアに耳を押しつける。

「うおお……うおおお……」

ペニスをしごく手の動きがいやでも激しさを増した。

千花子はドアに片耳を押しつけて、扉一枚隔てたそこで熱く行われている実母と新しい父親の乳くり合いをどうしようもなく盗み聞きする。

——ああ、いやらしい……信じられない、こんなところで……。

ささやき声で穢らわしそうに言い、こみあげる嫌悪感に、ますます顔をしかめた。

しかし、そこは第二次性徴期を迎えるとともに身体も心も大人へと劇的な変貌を遂げつつある艶めかしい時期だ。猥褻な行為をする母親とその男に無垢な心を傷つけられつつも、そんな気持ちとは裏腹に、生々しさあふれる獣の営みに淫靡な興味を抱いてしまう。

——ひぃ。じょ、冗談でしょ……。

熱烈さを増した母親たちの行為に、愕然として目を見開いた。

片手を慌てて口に当て、顔をしかめはするものの、ドアから耳を離せない。

その心臓が荒々しい拍動をつづけているのがよくわかった。

きっと今、千花子はドアごしに聞こえるいやらしい母親の喘ぎ声や、生々しい汁音の響き、大人の男女が交わす品のない会話に発育途上の肉体をせつなく火照らせはじめたことだろう。

――はうう……。

「あっ、千花子……」

入江は思わず声をあげた。

千花子の白い細指が無意識にパジャマの股間に伸びていく。

自分がそんなふしだらなまねをしてしまっていることに、千花子本人も気づいていないようだ。

ドアごしのハレンチな睦ごとに心を奪われ、闇の中でもその小顔は熱でも出たかのようにぼうっとしどけなくなっていく。

――あっ、い、いやだ、私ったら……。

千花子はようやく自分の行為に気づいた。

はじかれたように、股間に伸びかけた指をそこから遠ざける。

オナニーめいたことをしそうになって、自分にショックを受けたかのように、厚いドアから身を離す。

――やめて、こんなところで。はぁはぁ。信じられない……お母さんのばか……。

いやいやとかぶりを振り、怯えたようにドアからさらに後退した。

今度こそ本当に両手で耳を塞ぎ、駆けこむようにベッドに近づくや、かけ布団をかぶって姿を隠す。

「クク……なんてかわいいんだ。それでいいんだぞ、千花子。はぁはぁ。それでこそこの世でただ一人の、俺のエンジェルだ！」

すんでのところで卑猥な自慰行為を回避した穢れのない娘に、入江は惜しみない賛辞を送った。

容易には穢れてくれない崇高な存在だからこそ、こんなふうに大の男が必死になって穢そうとしているのである。

これで呆気なくオナニーなんかはじめられたものなら、それこそ興ざめだ。時間と手間ひまと情熱をかけ、ねっとりとそのプライバシーを侵しつづける価値なんてどこにもないと入江は改めて確信する。

抱いてはいけない禁断の思いを妻の娘に抱き、ほの暗い恋心を寄せつづける入江は千花子の私室に無断で侵入するだけでなく、この部屋や風呂場に盗撮カメラをしこみ、初々しい私生活を暴いていた。

だがまだウブで、しかも聡明、性格もとても真面目な十三歳の美少女は、まだ一度として、入江に自慰姿をさらしていない。

日に日に大人の女へと変貌を遂げる肉体は、とっくに淫らな快感への渇望を露にしているはずだ。

自分が彼女の年頃だった当時、ペニスがムズムズしてどうしようもなくなり、はじめて怒張をしごいたすえに、射精を経験したときのまばゆいほどの快感を今でも忘れていない。

しかし、千花子はオナニーという品のない行為や、大人の男女がこっそりと交わす獣の営みに、少女らしい一途さで嫌悪感を覚えているようだ。

本能に負け、いけない行為に身をゆだねかけても、いつでもハッと我に返り、必死にかき集めた理性を盾に、獣の誘惑と戦いながら日々を真面目に生きている。

「ここまでされても耐えるとは……やっぱりおまえは最高だよ、千花子。はぁはぁ」

慎ましやかな美少女にますますピュアなものを感じて恍惚となる。

さらに頭がぼうっと痺れ、どぴゅどぴゅと心の趣くまま精を吐かずにはいられなくなってきた。

今さら言うまでもなく、秋奈と結婚したのは千花子の父親になることが目的だ。

秋奈と結婚しさえすれば、労せずして千花子とひとつ屋根の下で暮らし、その秘めやかなプライバシーに足を踏み入れられるのだ。

だが——。

（結局のところ、俺は千花子にいったい、なにがしたいのだろう）

痺れた頭でそんなことを思う。

いったい、なにがしたいのか。

そこはまだ、入江にもはっきりとはわかっていなかった。ただひたすら、千花子という少女に心を奪われていた。

千花子の孤独な姿をこっそりと盗み見、禁忌な映像を収集したり、彼女のそばにいてその体臭を間近で嗅いだり、清楚な美貌やふくらみかけた蕾のような胸、日ごとに女になっていく肉体をひそかに観賞しつづけることに、耽美な悦びを覚えていた。

実際に手をかけ、穢すつもりなど毛頭ない。

それだけはしてはならないと思っている。

（俺はただ……ただ……）

寂しそうに口をつぐむ寡黙な少女の清楚な美貌に、甘酸っぱく胸を締めつけられながら入江は考える。

千花子はいつも遠くを見ていた。

不機嫌そうでもあった。

その顔だちはまだ幼く、ときには小学生のようにも見える。

だが、そんな千花子がときおり不意に見せる、妙に大人びた色っぽいしぐさや表情に、入江は不様に達してしまいそうな、強いリビドーを覚えるのだ。

(俺はただ……こんなふうに……こっそりと千花子を……)

心でそう思いながらベッドからおりた。

股間でブルンと肉棹がしなる。

押し入れに近づき、引き戸を横に滑らせた。

そこには替え用の布団類や、段ボール箱に入れられた千花子の古い本、雑貨などといったさまざまな品とともに、いつもあるものが置かれている。

「………」

ねっとりとした目で、押し入れの下段にしまわれていた「それ」を見た。それには丁寧にタオルまでかけられている。

入江はそっとタオルを剝がした。

中から露になったのは、千花子専用の洗濯かごである。

入江のものといっしょに服や下着を洗われるのはいやだと、千花子は母親に訴えたのだ。

そのことを申し訳なさそうに伝えてきた秋奈に「いや、気持ちはわかる。無理もないよ」と、入江は二つ返事で千花子の肩を持ってみせた。

結果的に、千花子だけは私物を自分で洗濯させるようにした。

そのため、彼女は自分の部屋に汚れ物を隠し、二日にいっぺんぐらいの間隔で自らそれらを洗濯して、自室に干すことをつづけているのだ。

3

「クク。あった、あった……」

几帳面で慎ましやかな性格を物語るかのように、千花子は洗濯かごの汚れ物も丁寧にたたんで収納していた。

もちろん、下着を一番上に置いておくことなどしない。

入江は丁寧にたたまれた千花子の私服をいくつもめくったあと、その下に隠すようにたたんであった、小さな白いパンティを今日も指に摘まんだ。

「はぁはぁ……パンツ、千花子の……汚れ物。おおお……」

我知らず息苦しさが募り、漏れる吐息が切迫感を増した。

純白の小さなパンティを握りしめ、再びごろりと娘のベッドに横たわる。

もう一度スマホを操作し、次の動画をチョイスした。小さな縦長の画面に、いきなり再生されたのは——。

「おお、千花子……はぁはぁはぁ……千花子！」

愛しい少女が全裸でシャワーを浴びる、風呂場の盗撮映像だ。

天井に開けられた換気口の一部に、超小型のスパイカメラをしこんでいた。

そんなカメラがやや前方斜め上のアングルから、入江の天使が全裸になって熱い飛沫《しびき》を浴びているシーンをこっそりと盗撮している。

「ああ、千花子……千花子、んむぅ……」

入江は純白のパンティを裏返し、クロッチの裏側部分を露出させた。見ればそこにはほんのわずかに黄ばんだシミが付着している。

「くうう……」

露にさせたパンティの裏側をおのが鼻面に押しつけた。

思いきり息を吸いこめば、磯の香りとほのかなアンモニア臭が鼻腔の奥まで飛びこんでくる。

（おおお……）

それは文字どおり、痺れるほどの淫臭だった。いくら身近に接していても、さすがにここまで生々しい香りをそう簡単に嗅ぐことはできない。

「うぅ、千花子、こいつはたまらん！」

入江は体勢を変え、ベッドに横臥した。

ベッドは壁にくっつくかたちで部屋の一隅に置かれている。そのためスマホを目の前の壁にそっと立てかけることができた。

「はぁはぁ、はぁはぁはぁはぁ！」

入江はまるまったパンティをグイグイと顔面に押しつけた。

そうしながら、改めて肉棒をムギュッと握る。反り返る極太は先刻までよりいっそう硬く、熱さも何度か上昇していた。

「うお……おおおお……」

しこしことリズミカルにペニスをしごきながら、嗅いではいけない匂いを嗅ぐ。

鼻の奥までツンとくる、野性味あふれる濃厚なアロマ。鼻腔が、脳髄が、そして理性がいっそう痺れて酩酊《めいてい》感が増した。後ろめたさがいっぱいの茹《う》だるような昂りに全身がしどけなく過熱する。

パンティに染みついたいやらしい匂いが嗅覚を刺激すれば、スマホの画面に再生される映像が視覚を通じて淫心を煽りたてた。

入江はうっとりと画面に見入る。

小さなスマホの画面──もうもうと白い湯けむりがけぶるなかに、十三歳の美少女が惜しげもなく裸身をさらしていた。

そうやって立っている無防備な姿を見ただけで、入江はこれまでにもう何度、絶頂を迎えたかしれなかった。

子供から大人に変わろうとしつつある、この年頃ならではの微妙な体つき。華奢な肢体に無駄な肉などどこにもなく、すらりと伸びやかで手も脚も長い。

しかし、そこはかとなく徐々に女っぽさが加わりつつある魅惑の裸身でもあった。

女性の身体ならではの柔和なまるみが裸のそここに漂いはじめている。

そのいい例がおっぱいだ。

ぺったんこだったはずの胸がわずかにふっくらと盛りあがりかけている。

カップのサイズでいえば、間違いなくAカップの硬い蕾のような乳。だが、そこがいい。大人の女にはまねしたくてもしようのない、思春期の娘ならではの未熟なエロスが感じられる。

ヒップもそうだ。

痩せっぽっちの細い身体に比例して、臀肉も小さくキュッと締まって震えている。

しかしそのまるみには、やはりどうしようもなく「女」がにじみ出していた。

十三歳の少女の内側に眠っていた「女」があだっぽい開花をはじめ、幼さの残る全身をそれまでとまったく違う色合いに変えようとしているまっただ中だ。

もともと色白で、抜けるような美肌の持ち主だ。

そんなきめ細やかな美しい肌が、陸上クラブの活動のせいで、こんがりと健康的に日焼けしている。

だが、体操服を着ると隠れてしまう、おっぱいやお尻はまっ白なままだ。

そんな、この年頃の少女だからこその、あまり意に介さない日焼けのしかたにも妙にそそるものがある。

「千花子……おっぱい、かわいいなぁ……ああ、乳首がこんなにつんと勃って……」

狂ったように肉棒をしごきながら、入江は熱い目で千花子の乳房を凝視した。

控えめに盛りあがる艶めかしい乳房の先に、まんまるにしこった乳首がある。

乳首と乳輪は惚れぼれするようなピンク色だ。まるで西洋人かと見まがうほどの色合いである。

ふくらむ乳房の先端に、ほどよい大きさの乳輪が鏡餅さながらにこんもりと一段高くなっていた。その中央では、サクランボを彷彿とさせる乳芽がコリッコリに硬くなってキュッと肉実を締まらせている。

千花子は壁のフックにシャワーヘッドをかけ、お湯の飛沫を頭から浴びていた。気持ちよさそうに瞼《まぶた》を閉じ、小顔を上向ける。両手で何度も髪をかきあげ、降り注ぐシャワーを裸身で受け止めて浄めている。

温かそうな湯けむりが、そんな美少女にまつわりついていた。

入江の視線からみずみずしい裸身を隠すようにたゆたう湯けむりにも欲望を煽られる。

湯に濡れたストレートの髪は、烏の濡れ羽色を見せつけて背中にべっとりと張りついていた。ちょっと動くたびに小さなおっぱいがフルフルと震え、薄いお腹の肉がふくらんだりへこんだりをくり返す。

下腹部もまた、子供から大人へと一気に変わっていこうとする最中だった。

ヴィーナスの丘がふっくらと、柔らかそうに盛りあがっている。

ジューシーさを感じさせる柔和な白い丘陵に、猫毛を思わせる繊細な薄毛がうっすらともやついて、毛先をからませ合っていた。滑らかな裸身がたっぷりの湯にまみれ、艶めく肌から滝のように大量の雫が流れている。

「くうう、千花子……千花子！」

スパイカメラで目視できるのは、ここまでが限度だった。

秘毛の下にあるはずの、千花子のもっとも卑猥な湿潤地帯は、角度と距離の関係で拝みたくても拝めない。

この美少女の股のつけ根には、どんなあでやかな花園が息を潜めているのだろう。自慰すら恥じらう思春期の女陰は夜ごとどんなにせつなく疼き、「気持ちよくなりたい。ねえ、なりたい」と生々しさあふれる欲求を持ち主にどんな狂おしさで伝えているのだろう。

「おお、千花子……舐めてやるぞ……いや、舐めるだけじゃない……お父さんがおまえを──」

なにを馬鹿なことをと戸惑いながらも、妄想するだけならいいではないかと思ってしまう。入江は指の輪をひろげてカリ首の縁をシュッシュと激しく擦過した。

(うお……おおお……)

汗と小水の残滓《ざんし》に媚肉ならではの生々しい残り香の混ざった得も言われぬアロマ。吸えば吸うほど濃厚に、鼻腔から脳髄に染みわたっていく。

それは一種の強烈な媚薬であった。

嗅いではいけない禁断の匂いが痺れた頭からいっそう理性を剝奪する。射精の瞬間だけに得られるとてつもない快感を悶えんばかりに希求する。

――あああ、やめて……。

入江は妄想の中で全裸の千花子を荒々しく押し倒した。もちろん組み敷いているのは、いい匂いのするこのベッドだ。

――きゃあああ。いやあああ……。

暴れる美少女に有無を言わせず、抗う二本の足首をつかんだ。入江は鼻息を荒げ、細い美脚を大胆にガバッと左右に割りひろげる。

――あああああ、だめえええ……。

「はぁはぁはぁ。我慢してるんだろ、千花子。我慢することないじゃないか。とっても気持ちがいいんだぞ。ほら、お父さんが教えてやる。ここをこうされると……どんなに気持ちいいか。んっんっ……」

――うあああ、ああああああ。

舌を思いきり飛び出させ、上へ下へと跳ね躍らせた。

妄想の中で舐めているのは千花子の牝肉だ。

美少女の恥裂は汗と小便の残滓と、磯の香りがブレンドされている。言うまでもなく、鼻面に押し当てたパンティから放たれるアロマである。

「おお、千花子……かわいいぞ、千花子。千花子、千花子、千花子！」

愛しい少女の名を呼びながら、入江は猛然と舌をくねらせ、十三歳の秘肉を舌で蹂《じゅう》躙《りん》した。

見ればおのれの股のつけ根から意志とは関係なくはじけ散る、卑猥で強烈な電撃に千花子は驚きと戸惑い、猛烈な恥ずかしさを感じている。

――あっあっ、い、いや……舐めないで。やめて……やめて、お父さん。やめて！

そして左右に激しくかぶりを振り、泣きそうな声で訴えてくる。

「おお、千花子……」

現実世界では千花子からまだ一度も「お父さん」と呼ばれたことはない。千花子の勉強机に飾られた写真を見れば、彼女の気持ちは火を見るよりも明らかだ。

だがそれだけに、千花子に「お父さん」と呼ばせられると思うと、よけいに入江は燃えた。せめて妄想の中でぐらい、決して手を出せないあの無垢な娘を「お父さん」として穢してみたい。

「千花子……んっんっ……おまえのマ×コ……お父さんに舐められて、気持ちよさそうにヒクヒクいっているぞ」

暴れる少女の股間に裂けた鮮烈な牝割れに何度も舌を擦りつけ、入江は言葉でも千花子を辱める。

――ああ、いや……あっあっあっ。な、舐めないで……舐めちゃいやだ。いやだいやだいやだ。お父さん。お父さん。あっあっあっ。あっあっあっ。

ドーパミンが豊潤に分泌され、理想の千花子をくっきりと頭の中に作り出した。

千花子はやはり母親のDNAを色濃く受け継ぐ痴女体質だ。

いやだいやだと本気で嫌悪し、恥じらいながらも、そんな意志さえズタズタに引き裂き、誰にも言えない肉体の本音が少女を淫らな獣に変える。

「おお、千花子……感じるんだろ。嘘をついてもまるわかりだぞ。んっんっんっ」

スマホに映るガラス細工のような裸身、脳内妄想の千花子、鼻面に押し当てるパンティの香りの三点セットに、燃えあがるような興奮にかられた。

――うあああ、だめ。だめだめだめ。ああ、そんなことしたら……ああああ。

「うおおお、千花子……」

千花子は妄想の中でいよいよ獣に堕ちはじめた。

激しく身をよじり、悲痛な声で叫びわめく。

舌でほじられるサーモンピンクの粘膜湿地から、小便なのか潮なのかわからない汁をピューピューと飛び散らせる。

「はぁはぁ、はぁはぁはぁ！」

どんなに我慢をしたくても、もはや限界だった。

しごくペニスがジンジンと疼き、急製造でこしらえたふぐりのなかの精液が音さえ立てそうな勢いで沸騰する。

――いやン、お父さん、あっあっあっ、ハアァァ、そんなにされたらイッちゃう。私、イッちゃう。イッちゃうよおおう。

「おお、イキなさい、千花子。いっしょにイコう。お父さんもいっしょにイクよ！」

入江はピチャピチャと、怒濤《どとう》の勢いで淫華を舐めしゃぶった。脳内には、半狂乱で叫ぶ美少女の声がたしかに生々しく響いている。

色白なはずの千花子の頬がまっ赤に火照っていた。楚々とした瞳が淫らに潤み、ぽってりと肉厚のかわいい唇があられもないほどあんぐりと開いた。

――ああ、イク。イグイグイグッ。あああああっ。

そして、母親の秋奈とまったく同じ品のない快感の叫びをほとばしらせる。

「おお、お父さんもイクよ、千花子。ああ、イクッ。イクッ。うおおおっ」

――ああ、お父さん。お父さあああん。あああああっ、あっあああああっ。

……ドクン、ドクン。

射精の一瞬前、入江は慌ててティッシュの束をつかんだ。

すばやい動きでおのが股間を白いそれで包みこむ。

間一髪だった。ティッシュに包まれた極太が雄々しく痙攣した。噴き出す勢いでザーメンをティッシュの裏側にたたきつける。

「おおお……」

入江は射精の快感にうっとりと身をゆだねた。

とろけるような多幸感に朦朧《もうろう》とし、興奮の証《あかし》の子種汁を誰憚ることなく、どぴゅり、どぴゅりとぶちまける。美少女が妄想の中でいつしか雲散霧消した。どこぞに消えていた理性がゆっくりと脳内に戻ってくる。

「千花子……」

入江はスマホの千花子を見つめ、またもその名をつぶやいた。スマホの画面に映る裸の千花子はシャワーを止めるときびすを返し、風呂場から姿を消した。

十三歳の千花子と暮らせるのも、あとわずかだと入江は思った。

もうすぐ可憐な美少女の、十四歳の誕生日がやってくる。

第三章　白昼の寝取られ地獄

1

「行ってらっしゃい。車に気をつけてな」

玄関から出ていこうとする千花子に、入江はいつものように明るく声をかけた。

「…………」

しかし、千花子は今日も硬い顔つきで応えるばかりだ。

気遣わしげにちらっと入江を見はしたが、結局ひと言も口にすることなく、玄関ドアを開けると家を出ていく。

(さあ、急げ急げ！)

玄関ドアが閉まるや、入江は脱兎《だっと》のごとくホールをあとにした。

リビングルームから、その奥にある和室に駆けこむ。

用意してあったダウンジャケットをすばやく拾いあげると、急いで着ながら再び玄関に舞い戻った。

靴を履き、自らも外に出る。玄関ドアに鍵をかけ、千花子を追って住宅街の通りに出た。

（いたいた……）

千花子は通りをかなり先まで歩いていた。

その歩調がなんとはなしにウキウキとしたものに見えるのは、たぶん被害妄想でもなんでもない。

「……っ」

万が一にも尾行をしていることに気づかれてはならない。入江はたっぷりと距離を取り、愛しい美少女を追いはじめる。

ポケットからスマホを取り出した。

目当てのアプリはとっくに起動させてある。

この界隈の地図が画面に表示されていた。そんな地図の道路部分をゆっくりと異動していく小さな円がある。その円が千花子だ。

正確には、千花子が持っているお気に入りのスマホが「我ここにあり」と千花子には内緒で位置情報を飛ばしている。

「ククク」

入江はしっかりと円が動いていることを確かめ、口角を吊りあげた。

だが、笑っている場合ではない。

気分はズシリと重く、しかもブルーだ。

「まさか、こんなことになるなんて」

どんよりとため息をつきながら、はるか先を行く千花子を見た。休日ということもあり、今日の千花子は私服姿である。

その私服はやけに気合いが入っていた。秋奈にねだってつい最近買ってもらったものであることも入江は知っている。

キュートでお嬢様然とした、濃紺のシャギーニットに身を包んでいた。

穿いているのは、膝はおろか太腿の半分ほどまで露出した洒落たデザインのチェックフレアスカートである。

すらりと長く形のいい美脚のほとんどがまる出しになっていた。学校に行くときに履いているようなハイソックスではなく、くしゃっとまるまったような短い丈のホワイトソックスに洒落たローファーを合わせている。

ポニーテールにしていることの多いストレートの黒髪を今日は惜しげもなく背中に流していた。

小さな頭部には白いベレー帽をちょこんとかぶり、いちだんと愛らしさが増している。

ただでさえかわいい千花子が、これほどまでにかわいいファッションを装っているのだから、振りまかれるオーラにはとびきりなものがあった。

ばっちり気合いを入れた「勝負服」であることは、入江にはいやというほどよくわかる。なにしろ千花子はこれからデートに向かおうとしているのだ。

気合いが入るのも当然の話。そして、そのことを知った入江が身悶えせんばかりにハラハラとし、こんなふうにこっそりとあとをつけていきたくなるのも当たり前の話だった。

秋奈と二人、十四歳の誕生日を迎えた千花子にお祝いをしてやったのは、ひと月ほど前のことだった。

その日、入江は事前に秋奈と相談していたとおり、千花子に最新型のスマートフォンをプレゼントしてやった。

前から千花子が母親に「欲しい、欲しい」とねだっていた念願の品だ。千花子は待ちに待っていたらしいプレゼントに、文字どおり大喜びした。

その日ばかりは珍しく、入江にもきちんと「ありがとう」と礼を言ってくれた。

千花子のいつにないそんな笑顔が入江は正直うれしかった。

入江と秋奈は、ついでだからと自分たち夫婦も最新のスマホに変えた。

そして千花子の機嫌がよいうちにと、親子三人でチャットアプリのグループを作ることにも成功した。もっともそのあと千花子はほとんどそのグループには出てこず、結局閑古鳥が鳴いてしまった。

だが、入江の本当の目的はチャットアプリで千花子と交流を図ることなどではなかった。

じつを言えば、そんなことぐらいであの娘と心の距離を縮められるだなどという期待はこれっぽっちも抱いていない。

入江の真の目的——妻の秋奈でさえ知らない究極の目的は、千花子のスマホにこっそりとしこんだスパイアプリを通じて、さらにディープなプライバシーをゲットすることだった。

スパイアプリは、正式には「監視アプリ」という。そのスマホを持つ人間の多岐にわたる個人情報をこっそりとチェックできる、まさに禁断のアプリである。

たとえば、そのアプリを使えば現在千花子がどこにいるかをGPS情報を通じて即座に把握できる。地図の中で動いていた先ほどの円がそれである。

また、千花子がチャットアプリで友人たちと交わすメッセージのやりとりもあまさず盗み読みすることもできれば、通話履歴も白日のもとにさらされる。送受信されたメールの内容もバッチリわかれば、登録された友人たちの連絡先も筒抜けだ。

入江にとっては、それは夢のようなアプリだった。

入江はこのアプリを使って自分の知らない千花子の個人情報を収集しようと、彼女にスマホを買い与え、見守ることにしたのである。

ついでだからと軽い気持ちで妻の秋奈のスマホにもスパイアプリを潜入させていたが、じつはそちらにはあまり興味がない。

したがって、妻に関してはチェックもおろそかになっていた。

なにも知らずにスマホをうれしそうに抱きしめ、珍しくかわいい笑顔を見せてくれたバースデーの千花子。その記憶は入江のひそかな宝物になっていた。

また、まさか新しい父親が自分のスマホにそんなものをしこんでいるなどとは夢にも思わず嬉々とするかわいい娘の姿に、なんとも言えない後ろめたさも感じた。

だが、それからしばらくして、スマホでも千花子の行動を監視しはじめた入江は驚愕の事実を知ることになる。

なんと娘には憎からず想う意中の男性がいたのである。

北尾亮樹《きたおりようき》。十六歳。彼がまだ中学生だった頃、陸上クラブ同士の交流で、別の中学の千花子と知り合った。二つ年上で、今は高校一年生だ。

しかも、それは千花子の一方的な片想いというわけではなかった。

二人はすでに恋人として交際をはじめていた。

入江や秋奈には素知らぬふりを決めこみながら、こっそりと何度もデートを重ねるような間柄にまでなっていたのである。

「千花子……」

かわいい足取りで遠くを歩く千花子の後ろ姿を見つめ、憂鬱な気分が増した。

あんなにもかわいいファッションを装っているのは、愛しい恋人とのデートのためなのである。

そのことは自分だけでなく母親の秋奈も知らされていなかった。

――お洒落をしたい年頃ってことなんでしょ、あの子も。

今日は大学時代の女友だちたちと久しぶりに女子会だと言って、秋奈は家を出ていった。まさか愛娘が男とデートに出かけるなどとは思ってもいないふうだった。

だが家にいるときは、千花子はそんなそぶりは少しも見せないのだから、実の母親でさえ気がつかないのも当たり前かもしれない。

「くっそお……俺のかわいい千花子とデートだなんて、どんな羨《うらや》ましいガキなんだ」

ついブツブツと文句を言いながら、入江は淫靡な尾行をつづけた。

入江たちの自宅から、もよりのターミナル駅までは徒歩で大体十五分ほど。亮樹というその少年とは駅前で待ち合わせていることまですでに把握している。

落ち着かない気持ちで、千花子のあとを追った。

「なにも変なことが起きなければいいんだが……」

入江は天にも祈る気持ちでつぶやく。

亮樹と会いたい気持ちを抑えられなくなったのか。千花子はかわいく歩を速めた。

ミニスカートの裾をヒラヒラと翻し、駅へとつづく休日の通りを弾む足取りでうれしそうに歩いた。

2

それから一時間ほどのち、入江は地元では有名な古式ゆかしき神社にいた。

理由は決まっている。

千花子と亮樹が仲睦まじく、この神社へとやってきたからだ。

「………」

神社には大勢の参拝客がいた。観光ガイドにも載っているような有名な神社なので観光客もそれなりに多いはずである。

そうした客たちが自分を隠す盾になってくれた。

そのうえ、千花子は自分たちの世界に没入し、まわりのことになどまったく注意を払っていない。

(千花子、なんて楽しそうに笑うんだ)

二歳年上の恋人に対する愛くるしい笑顔は、なにがあろうと入江には向けられない、心を許しきったものだった。

そんなとびきりの笑顔を独り占めするクソガキに、入江は憎悪の気持ちすら抱く。

亮樹という少年は、はっきり言ってかなり整った顔だちをしていた。俗に言う、イケメンというやつだ。

千花子と同様、その身体はいまだ成長のただ中らしく、すらりと背が高いわけでも大人びているわけでもない。

入江から見たら、ただのガキだった。

だが、そんな「ガキ」を千花子のような年頃の少女が特別な存在だと感じるのも、悔しいけれどよくわかる。

駅前で落ち合うや、千花子と亮樹は仲睦まじく寄り添って、この神社まで散策してきた。

なにを話しているのかまではもちろんわからない。

だが、ときおり仰け反って亮樹を見つめ、楽しそうに笑ったり、亮樹の言葉にうつむいてクスクスと笑う千花子を見れば、少女が甘酸っぱさいっぱいの至福の時間に身を置いているだろうことは、まぎれもない事実である。

スパイアプリで得られた情報に寄れば、亮樹は母親と二人暮らし。どこぞのアパートだかマンションだかで、つましく生活しているようだ。

千花子と気持ちが通じ合うようになったのは、互いに片親だという境遇も関係していたようだ。

もっとも千花子はもうすでに片親などではないのだが、彼女の中では変わることなく、今でも父親は「いない」のだろう。

二人は神社の境内に入って、まず拝殿で参拝をした。

仲よく二人立ち並び、背筋を伸ばして神様に祈りを捧げる姿を見ていると、ムカつくほどにお似合いのカップルに思えて複雑な気分になる。

参拝をすませた二人は、いっしょに写真を撮ったり、神札授与所をひやかしたりおみくじを引いたりと、幸せいっぱいな感じだ。

千花子のこんな表情は、入江は正直はじめて目にする。ハッとするほどかわいい顔に、何度も思いがけぬ強烈さで網膜を焼かれて胸を疼かせた。

やがて、二人は境内の一隅にあるベンチに座った。

長いことそこで会話にふける。

「ウフフ……」

「あはは。ウケるだろ。でさ……」

ずいぶん楽しそうだ。いったいなにを話しているのだと盗み聞きしたい気持ちが募るが、近づくことは難しい。

　ソワソワと落ち着かない気持ちで遠目に二人を見つづけた。

　あまりにも長いことベンチから動こうとしないため、いつまでそうしているのだと次第にイライラする気持ちが高まる。

「あっ……」

　すると、そんな入江のイライラが通じたわけでもあるまいに、亮樹が突然ベンチから立ちあがった。

　まだなおベンチに腰をおろす千花子に、なにやら話しかけている。

　千花子は困ったようにうつむき、弱々しく微笑んでなにか言った。

　亮樹はそんな千花子に焦れたようで、少女の手を取るや強引に彼女をベンチから立たせる。

「どこへ行くつもりだ……」

　怯《ひる》む千花子を先導するように、少年はその手を取って歩き出した。入江は眉をしかめ、ようやく動き出した二人の背中を追う。

　千花子と亮樹は楼門を抜けた。

　左手に曲がり、階段をおりていく。

入江は再び距離を開け、手をつないで歩く二人につづいた。

境内にはいくつもの池がある。右と左にそれぞれの池を見ながら先に進むと神社から市民公園の広大な森へと眺めが変わった。

市民公園はかなり広々とした敷地を持つ神社の軽く四、五倍はある緑豊かな憩いの場だ。園内にはたくさんの遊歩道が迷路のように張りめぐらされ、体育館や児童遊園地、小動物園などといった施設まである。

相変わらず戸惑う千花子を強引に引っぱり、亮樹が先に立って歩いているような雰囲気だ。

そうした二人の微妙な気配にも眉をひそめつつ、入江はこっそりと尾行する。

大勢の客で賑わう神社に比べると、公園のほうは圧倒的に人が少ない。しかも奥へ奥へと進むほど、ますます見かける人は減る。

「あっ……」

突然、亮樹が遊歩道をはずれた。うろたえる千花子の手を引っぱり、森の奥へと分け入っていく。

「な、なんだ。なんだ、なんだ、なんだ」

千花子も動揺していたが、入江も狼狽した。

二人から見えないように姿を隠しつつ、首を伸ばして様子を見れば、亮樹は意外な強引さを見せた。

いやがる千花子をものともせず、今にも折れそうな細い手を引っぱる。そして、木立の奥へと可憐な少女を引きずりこんだ。

「まさか……」

いやな予感しかしない、思いも寄らない展開だ。

入江は顔から血の気が引くのを感じながら、千花子たちが消えた場所まで慌てて駆け寄る。

自然豊かな公園だが、わざわざ遊歩道をはずれ、手つかずの森の中へと入っていく人間は決して多くない。

それなのに、いったいなんの用があって人目を忍ぶかのように、そんなところに入っていかねばならないのだろう。

「うう、千花子……」

入江はたまらず、ドクン、ドクンと心臓を躍らせた。不安な気持ちに苛《さいな》まれつつ、二人につづいて森へと足を踏み入れる。

ヒノキやシイノキ、コナラ、ハンノキなどの樹木が鬱蒼と生え茂る、人の手の入っていない土地である。

下手をすれば雑草に足を取られ、転んでしまう危険があった。なによりも、足音がばれてしまっては元も子もない。

逸《はや》る気持ちを抑えつつ、入江は慎重に、慎重に気配を殺して見失ってしまった二人を探した。

と——。

「あぁん、先輩……」

(えっ)

木立に分け入って、けっこう深くまで森に入った。

突然入江の鼓膜に、耳に覚えのあるキュートな声が艶めかしさいっぱいに飛びこんできた。

(千花子!?)

「ああ、千花子……うれしいよ。俺、やっと千花子と、こんなこと……」

「あぁ、待って……だめ、先輩……うっ、ンムウゥ……」

(千花子!?)

千花子と亮樹の秘めやかな言葉のやりとりに、入江は完全に浮き足立った。

それでも音を立てないよう、注意を払って前に進む。切迫感あふれるやりとりは、けっこう近くから聞こえていた。

（あっ）

「せ、先輩……やめて……んんムゥ……」

「千花子……ああ、頭がぼうっとしちゃう。んっ……」

とうとう一本の大樹に、寄りかかるように身体を密着させる少年と少女の姿を見つける。

「――っ」

入江は二人に気づかれないよう、近くの木陰に身を隠した。おっかなびっくりそろそろと、首を突き出してそちらを見る。

「先輩……だめ……」

「好きなんだ、千花子。俺、ずっとずっと、千花子のことを……んっんっ……」

……ピチャ、ピチャ。チュパ。

「ああ、だめ……」

（おい、おいおいおい！）

千花子は木の幹に背中を押しつけられていた。

戸惑って激しく暴れ、そこから身を剝がそうとするものの亮樹はそれを許さない。

少女の前に立ちはだかり、覆いかぶさる。

(ああ……俺の千花子になにをする!)

そして、強引なキスで千花子の朱唇を強奪していた。

いかにも十代の少年らしい、コントロール不能の荒々しくも性急な接吻。右へ左へと憑《つ》かれたように顔を振り、鼻息も荒くチュパチュパと貪るように美少女の口を吸いつづける。

(この野郎!)

大事な千花子に目と鼻の先の距離でキスをされ、入江は頭に血が昇った。今にも木陰から飛び出して、殴りかかりたい衝動にかられる。

だが、そんなことをしては、それこそ一巻の終わりである。

地団駄踏みたい衝動を懸命に堪《こら》え、悔しさのあまり歯嚙みして、なおもハラハラと二人の濡れ場を注視した。

「ああ、千花子……感激だよ。俺、とうとう千花子とキスを……」

「せ、先輩……きゃっ」

(あああああっ)

入江は危うく声をあげそうになった。興奮が高まったらしい亮樹が、キスをしながら千花子の乳房をわっしと片手で鷲づかみにしたのである。

(触るな、この野郎。手を放せえええ)

「亮樹先輩、いやだ。やめてください……」

千花子は顔を振り、亮樹の唇から朱唇を離した。自分の乳を鷲づかみにする亮樹の手首をギュッと握り、なんとか放させようとする。

「そんな……そんなこと言わないでよ、千花子。なあ……俺たち、つきあってるんじゃないの?」

そんな千花子の激しい拒絶に、亮樹は悲しそうな目つきになって彼女を見る。

「そ、そうだけど……」

恥ずかしそうに、千花子は長い睫毛を伏せた。

そんな少女を見ていると、やはりこの娘は目の前の男を本気で好きになってしまっているのだと、いやでも思い知らされる。

決していやな少年に、無理やり行為を迫られているわけではないようだ。

それを証拠に、艶めかしい朱色に染まるあどけない美貌には、恋する少女ならではの熱い一途なものが見え隠れする。

「だったらいいじゃないか。なあ、いいだろ、千花子」

入江にすらわかる、かわいい少女の心の本音を彼女と愛しあう当の若者が気づかないはずがない。

「ああ……」

一度は怯みかけたものの再び指に力をこめ、小ぶりなおっぱいに食いこませた。もにゅもにゅとせりあげるように乳房を揉み、いやがる千花子の白いうなじにチュッチュと何度も口づける。

「あぁん、先輩……」

「好きなんだ、千花子。なあ、わかるだろ、俺の気持ち……なあ、なあ……」

「あああン……」

たがのはずれた十六歳の性欲はもはやブレーキが利かなくなっていた。キスをしながら乳を揉み、おのが股間をグイグイと千花子の腰に擦りつける。

ジーンズを穿いた股間は狂おしいまでにテントを張っていた。

亀頭の形をこれでもかとばかりに盛りあがらせ、それをスリスリ、スリスリと訴えるように千花子の腰に押しつけている。

(やめろおおお)

「ま、待って、先輩……お願い。待って……ねえ、待ってってば……」

情熱的としか言いようのない亮樹の接吻に首をすくめ、困ったようにその瞳をギュッと強く閉じてからだった。

もう一度、千花子は亮樹に訴える。哀訴するその声音に、さしもの亮樹もエスカレートしたその行為を中断した。

3

「千花子……わかってくれないの、俺の気持ち？」

「わかるよ。わかる。わかってる」

せつなそうに亮樹に言われ、千花子は何度もかぶりを振って熱い口調で返事をする。

「でも……先輩、私、まだ中学生だよう」

「千花子……」

「お願い。先輩のことは大好き。ほかのどんな人より好き。私には先輩しかいないっていう気持ちは嘘じゃないの」

（うう、千花子）

訴えるように言う千花子の言葉に、入江は改めてショックを受けた。

スパイアプリで何度も読んだ二人のやりとりを見れば、こうした会話はもちろん十分想定内だ。だが、実際にこの耳で千花子の朱唇からほとばしる想いを聞くと、無力感と衝撃、理不尽な怒りは度しがたいまでに高まってしまう。

「千花子、でも俺……」

「お願い。先輩、もう少し待って。せめて、私が高校生になるまで」

「千花子……」

必死に懇願する千花子の言葉に、亮樹は心底苦しそうな顔になった。大好きな少女を苦しめるのは本意ではないということがよくわかる。

だが同時に、自分でも制御不可能な、嵐のような性欲をどうにも持てあまして苦悶していた。

「お願い。お願いだから。高校生になったら、私を先輩にあげる。あと、もう一年とちょっとだけ。先輩、お願いだから私を待って」

「うう、千花子！」

亮樹は必死に目を閉じ、唇を嚙みしめた。

荒れ狂う情欲をなんとかなだめようとでもするかのように、何度も深呼吸をくり返し、千花子の華奢な身体を抱きすくめる。

しかし──。

「うう……ううっ……」

「先輩？　きゃっ──」

再び亮樹はカクカクと、さかんに腰をしゃくり出した。

理性と性欲の狭間《はざま》で懸命に葛藤したものの、やはりこみあげる欲望の激甚さはいかんともしがたいという様子である。

「先輩……」

「わ、わかってる。こんなことしちゃいけないって。俺だって、千花子がそう言うんなら待ってあげたい。千花子が高校生になる日まで。でも──」

「あっ」

もはや我慢もここまでだと開き直ったかのようだ。

震える指でジーンズのボタンをはずし、ファスナーをおろした。苦悶に表情をゆがめつつも、亮樹はついに下着ごとジーンズを膝までズルリとさげる。

──ブルルンッ！

「ああっ、亮樹先輩……」

（うっ、こ、このガキ、なんてデカチン！）

千花子が引きつった悲鳴をあげ、入江は入江で驚きのあまり目を見開いた。

雄々しくしなって飛び出した肉棒は、巨根が自慢の入江にも決して負けないバズーカサイズ。しかも年齢相応にどす黒さが増してきた入江の中年ペニスと違い、若さあふれる男根はみずみずしいピンク色をこれ見よがしに見せつける。

亀頭の部分がぷっくりとふくらみ、全方向に肉傘を張り出させていた。そのうえ、怒張の反り返りかたは若さで勝る亮樹にやはり軍配があがる。

震える亀頭と下腹部の肉が今にもくっつかんばかりになっていた。

まねをしたくても中年オヤジにはまねできない、やる気まんまんの思春期男根に息づまる。

「先輩⁉」

「に、握って。お願い、千花子。ち×ぽ、握って！」

「ええっ、きゃ――」

（あああ⁉）

いきなり怒張を露出され、千花子はますます動転した。しかし、亮樹は横暴だ。そんな美少女の手首をつかみ、強制するようにグイグイと自分の股間に押しつける。

「ひうっ、先輩……」

「お願い、千花子。千花子がいけないんだよ。千花子があんまりかわいいから、俺のち×ぽ、こんなになっちゃってる」

「あああ……」

かわいいことを言われ、蕾のような小さな胸が甘酸っぱく疼いたらしいことを入江は察した。思わぬ事態に戸惑いながらも、母性本能を疼かせている。はにかんだように肉厚の朱唇を千花子はギュッと噛みしめる。

「しごいて、千花子。女にはわからない。男がこんなになっちゃったら、もうち×ぽをしごいて精子を出すしかないんだよ。苦しくって、おかしくなりそうなんだ」

「先輩……」

千花子の細く長い指に自分の指を重ね、強引に勃起を握らせた。

「あっ、熱い……」

いきり勃つ牡茎を握るなんて、間違いなく生まれてはじめてのはずだ。

清楚な美貌を引きつらせ、千花子は助けを求めるかのように強ばった顔つきで亮樹に訴える。

「熱いだろ。それに、硬いだろ。千花子を思うとこうなっちゃうんだ」

「亮樹先輩……」

「ほんとはエッチしたい。今すぐしたい。だって、千花子が好きだから。二人の仲を今より確かなものにしたいから。でも、待ってくれって言うなら、しかたないけど我慢する。でも千花子、そのかわり、こんなふうに……」

「きゃっ」

亮樹はしこしこと、千花子を教え導くように自分のペニスをしごきはじめた。

少年を想う気持ちはありながらも、やはり耐えがたい恥ずかしさなのだろう。千花子の美貌はそれまでにも増して茹だるような朱色になる。

こんな状況に身を置く自分が信じられないとでもいうかのように「どうしよう。どうしよう」とうろたえて、いやいやと何度もかぶりを振る。

(か、かわいい)

千花子のウブな反応に、入江はたまらず胸を締めつけられた。

これは父性か、それとも卑しい肉欲か。にわかにはわからなくなりながら、気づけば股間に血が流れこみ、ペニスが一気に硬度と大きさを増していく。愛しい天使の無垢な指を忌むべき若いイケメン野郎に穢されはじめたというのにである。

——そうだ。こんなことをしている場合ではない。

入江はようやくそのことに気づいた。

スラックスのポケットから、慌ててスマホを取り出す。すばやく動画アプリを起動させ、こっそりと二人の秘めごとを隠し撮りしはじめる。

「はうう、先輩……」

「頼むよ、千花子。一生のお願い。それで我慢するから。千花子が高校生になるまで、なにがあっても我慢する。だから、ち×ぽだけしごいて。俺は千花子に愛されているんだって、安心させて」

「うう……」

「千花子……千花子！」

ここまで譲歩されたうえで、熱くねだられてしまっては拒むことなどできないだろう。千花子は恥ずかしそうに唇を嚙み、今にも泣きそうになりながらも亮樹によるものではなく自分の意志で、猛る極太を必死になってしごき出した。

「あっ、あああッ……千花子……」

「うう、先輩、恥ずかしいよう。見ないで、こんな私。ううう……」

「うおっ、おおお……」

(ち、ちきしょう。ちきしょう、ちきしょう、ちきしょう！)

一気に身体が熱さを増し、焼けるかのようになった。

もちろんそれは嫉妬のせいだ。穢れのない美少女に手コキをさせるなんて、言語道断もいいところである。

だがそうは思いつつ、羞恥に身悶えながらぎこちなく手淫の奉仕をする少女の姿には鳥肌が立つほどのエロスがあった。

あの千花子が本当にこんなことをしているのかと思うと、信じられない思いが興奮の劫火にくべる薪になり、いやでも鼻息が荒くなる。

(おお、千花子!)

「ありがとう、千花子。あっ、あっ、あああ……」

ようやく言うことを聞いてくれた千花子に亮樹はうっとりと脱力し、大樹に背中を預けて天を仰いだ。

千花子はそんな亮樹の横に並び、少年の横顔を困ったように見つめつつ、いかにもぎこちない往復で反り返る勃起をしこしことしごいた。

「はぁはぁ……先輩、これでいいの? 痛くない?」

「ああ……気持ちいいよ、千花子。でも……もしよかったら、もうちょっと指の輪をひろげて、亀頭の縁を重点的に擦ってくれない?」

心配そうに問いかける千花子に放心したようになりながらも、亮樹はさらなる要求をした。

「えっ、フ、フチ……？」

「うん、そう。男はね、そこが一番気持ちいいんだ」

「そうなの……ここ？」

「おわっ」

言われるがまま、オドオドしながら美少女は責めの矛先を亀頭に変えた。

長く細い指の輪を少しだけ大きくし、瞳を潤ませ、顔をまっ赤にして、ぷっくりとふくらむピンクの亀頭をスリッ、スリッと擦過する。

「おわっ。おわっ、おわっ」

「亮樹先輩、い、痛い？」

「痛くない。全然痛くない。ああ、千花子……き、気持ちいい！」

「先輩……」

亮樹はますます恍惚とした様子で天を仰ぎ、隣に立ってペニスをしごく美少女に甘えるように体重を預けた。

「ううっ……」

そんな少年のかわいさあふれるボディランゲージに、戸惑いながらも美しい少女は母性本能をかきたてられたのかもしれない。

「先輩、はぁはぁ……これでいいの？　これが気持ちいいの？」

堪えがたい羞恥は依然としてあるものの、同時に恋する女の本能で少しでも少年をよくしてあげたいと思っているのがよくわかった。

臆しそうになる自分を必死に奮いたたせ、何度も朱唇を噛みしめて、亮樹の望む亀頭へと、ぎくしゃくとなれない手コキの奉仕をする。

「ああ、そう。気持ちいい……気持ちいいよ、千花子。俺、メチャメチャ幸せ」

「先輩……」

（く、くっそお。くそっ。くそっ。くそおおおっ）

度しがたいジェラシーがますます入江を燃えあがらせた。

とにかく妬《や》ける。妬けて、妬けて、髪をかきむしり、地団駄を踏み、七転八倒して吠えまくらずにはいられない。それなのに股間の勃起は隆々と、呆れるほどまがまがしく天に向かって反り返っている。

なんなのだ、俺という男は。

これほどまでに悔しいのに、目の前でほかの男といやらしい行為にふける少女を見ていると、抗いがたい昂りが身体と心を恍惚とさせる。

（はぁはぁ……千花子、千花子おおっ）

入江はチノパンツを下着ごと太腿までずりおろした。亮樹に負けじと極太がブルンッと雄々しくしなりながら森の中で露になる。

（おおお……）

盗撮をつづけながらムギュッと肉棒を握った。ストーブのような熱さである。怒張と指の腹をなじませるようにして何度かしこしこと棹をしごくや、千花子が亮樹にしているとおり自らもまた指の輪をひろげ、責めるスポットを亀頭に変える。

「うっ……うっうっ……先輩……あっ……お、おち×ちん……すごくピクピクいってる……平気？」

亮樹のペニスの不穏な脈動に千花子は気づいたようだ。亮樹の身を案じるかのような熱い視線で少年を見あげる。

「平気……あっ、あっ、き、気持ちいいから、ついピクピクってなっちゃうんだ。千花子にち×ぽ、しごいてもらってるって思うと、うれしくって、幸せで」

「先輩……」

「俺……今まで生きてきたなかで、今が一番幸せだよ」

「うう、先輩……」

愛しい少年の告白に、千花子もまた幸せな気持ちが募るのがわかった。うろたえる気持ちを恋する本能が次第に凌駕していくようだ。

(ああ、千花子！)

「な、なあ、もう一度、キスしていい？　俺、キスしながら、千花子にち×ぽしごかれたい」

「はうう、先輩、んっ……」

(やめろおおお)

千花子は亮樹に望まれるがまま、今度はうっとりと目を閉じて、自ら少年に唇を捧げる。亮樹は瞼を閉じて小顔を上向ける美少女に、とろけるような顔つきで自分の唇を押しつけた。

……チュッ。

「ンムぅ……先輩……」

「千花子……んっんっ……愛してる……俺、マジで千花子が好き……」

「ムハァァ……先輩……亮樹先輩……」

十六歳の少年と、つい先日十四歳になったばかりの少女のキスは、ぎこちなさあふれる初々しいものだった。

だが、どんな技巧をもってしてもかなわない、あふれんばかりのものもある。

それは千花子の想いだ。みずみずしい肉体から放散される、ガチンコな熱気と恋情だ。しかも卑猥な行為に身をゆだねているうちに、千花子も当初より少しずつ淫らさが増してきている感じがする。

しかし、それも無理はない。

なにしろ今、少女は世界一大好きな少年の性器を握り、彼を頂点に達させてあげようと、淫靡な情熱で細身の肢体を満タンにしているのである。

「はぁはぁ……ああ、千花子、もっとキスしたい……千花子とキスしたい……」

「んっんっ、亮樹先輩……んっ、ムンゥ……」

……ピチャ。ちゅぱ、ぢゅる。

愛しあう二人のキスはごく自然に熱を増した。

「千花子、舌出せる?」

「い、いやだ。そんなの恥ずかしい……」

「お願いだから」

「むはあァ……」

亮樹の求めに応じるかたちで、二人のキスはベロチューへと発展した。

頭がぼうっとしてきたらしい美少女は清楚な美貌が不様に崩れてしまうのも厭《いと》わず、いつしか夢中になりながら亮樹の舌におのが舌を擦りつける。

「ああ、千花子、気持ちいい……あっ、あっ、し、しごいて。そのましごいて。うおお、俺……マジでもうイッちゃうかも！」

「あっ、先輩……はぁはぁ……はぁはぁはぁ……」

どうやら最後の瞬間がいよいよ亮樹に近づいてきたようだ。少年は身体を反転させ、大樹に両手を預けて立ちバックのような格好になる。

千花子は亮樹に求められ、そんな少年の背後にまわった。

「先輩、こう？　ねえ、こう？」

亮樹に煽られ、背後から身体を密着させる。反り返る勃起を改めて握ると、亀頭を中心に、しこしこと強く激しくピンクのペニスを擦過する。

「ああ、そ、そう。気持ちいい……気持ちいいよ、千花子。ああ、もっとしごいて。もっと、もっと、ああ、もっと！」

「はぁはぁ……先輩……亮樹先輩……はぁはぁはぁ……」

女の子のように悶えながら、少年は射精直前のとろけるような快美感に酩酊した。

そんな恋人の痴情を露にした淫らな姿に、千花子もまたどうしようもなく当てられる。

（ああ、千花子……お、おまえも、ちょっと感じてきたんだな！）

「はぁはぁ……はぁはぁはぁ……」

しこしことペニスをしごきながら、艶めかしく小さなヒップを左右に振りたくる。必死に小便を我慢してでもいるかのように、すらりと細い太腿を何度もムギュムギャと締めつけた。しかも自分がそんなはしたない振る舞いをしていることに、千花子はちっとも気づいていない。

（おお、千花子……こ、興奮する。千花子……千花子っ）

いやらしいアクメへと向かう亮樹と千花子を出歯亀しながら、入江は猛然と怒張をしごいた。妄想の中では言うまでもなく、千花子にしごいてもらっている。すべらかな白い指がカリ首をシュッシュとリズミカルに何度も擦過した。

（ああ、俺もイクッ）

「千花子……気持ちいいよ。なあ、『先輩、好き』って言って」

オルガスムス直前の甘美な陶酔感に酔いしれながら、亮樹は千花子にそうねだる。

「亮樹先輩……」

「なあ、言って。安心させて。千花子が高校生になるまで待つから。おまえを信じて絶対に待つから」

「ああ、先輩！」

そんな亮樹のかわいい訴えに、千花子もますます理性を酩酊させた。

愛おしそうに少年の背中に細い身体を密着させる。火照った横顔を亮樹の背中に押し当てて、スリッ、スリッ、スリッと頬ずりをする。

「愛してる……先輩、愛してるよう！」

「おお、千花子！」

そして感きわまった震え声で、せつない想いを言葉にした。

「待っててね。もう少し大人になるまで待って。先輩にあげるから。私のすべて、あげるから。愛してる。愛してる。だから、今は――」

……しこしこしこ。しこしこしこしこ！

「ああ、千花子、俺も愛してる！」

「亮樹先輩！」

「ああ、気持ちいい。イ、イク。イクイクイクイクッ。うわあああああっ」

（おお、千花子、千花子おおおおっ）

……ドクン、ドクン。

少年がリビドーの頂点に突き抜けたのと、入江が一人むなしく達したのはほとんど同時だった。

雄々しく震える亮樹の怒張が千花子に握られたままどぴゅどぴゅと、目の前の大樹に水鉄砲の勢いで精液をたたきつけていく。

「ああ、千花子……気持ちいい……」

「はぁはぁ……先輩……先輩……」

（千花子……）

亮樹は幸せそうだ。

その極太は捕獲された活きのいい魚のように美少女の白い指の中で何度も激しく暴れては、しぶく勢いで汚いザーメンを飛び散らせる。

それに比べて、自分はなんと惨めなことかと入江は思った。

愛しい娘がほかの男のペニスをしごき、昇天させる姿をスマホでこっそりと隠し撮りしながら一人むなしく自慰をして、無駄に精子をぶちまけているだなんて……。

（千花子……）

陰茎を脈打たせてなおも精液を放出しながら、入江はほの暗い気持ちで少女を見た。

美貌を火照らせた千花子は少年の背中にそっと頬を当て、幸せそうに瞼を閉じて、彼のペニスを握りつづけた。

第四章　美少女が濡れる夜

1

受難の季節なのかもしれなかった。

千花子と亮樹のショッキングな行為を目撃してからしばらく、入江はさらなるショックに襲われることになった。

「大丈夫？　無理しないでね、お兄ちゃん」

納期も近いため、今夜はもう少し仕事をすると言って、寝室の隣にある仕事場にこもっていた。

そんな夫を気遣って、パジャマ姿の秋奈が就寝前の挨拶をしにきた。

「ああ……」

ＰＣから顔をあげ、戸口に立つ新妻に笑顔を向けた。

秋奈は気づいたであろうか。夫の笑顔がどうしようもなく強ばり、引きつっていることに。

「何時頃には眠れそう？」

「んー、そうだな、あと二時間ぐらいはかかるかなぁ」

「そっか。じゃあ……今夜はお預けだね。寂しいけど」

意味深な口調で秋奈はささやき、媚びたような笑顔を向けてくる。

「あはは、ごめんな」

入江は無理やり笑い、小声で秋奈にささやいた。

「ううん、我慢する。風邪、引かないでね」

そんな入江に秋奈はかぶりを振り、愛情たっぷりの小声で言って、入江の仕事部屋を去ろうとした。

「ああ、おやすみ……」

入江は軽く手を挙げて、かわいく手を振る秋奈を見送る。

秋奈はそっとドアを閉じた。

「ふう……」

一人になった入江はたちまち重苦しい顔つきになる。思わず知らず、どんよりとしたため息が漏れた。

あまりのことに身も心も凍《い》てついたように動かない。予想もしていなかったことだけに、覚える衝撃には強烈なものがあった。

「まさか、こんなことになるなんて……」

漏れ出す言葉は自然に自虐の色を帯びる。ＰＣ用のデスクに置いていたスマホを見た。またも重たいため息が出る。

スマホで「それ」を見たときのショックがまざまざと蘇った。

なんと、秋奈の不倫が発覚したのだ。

秋奈のスマホにしこんでいたスパイアプリを久しぶりにチェックした。

そして、入江は妻がある男とこっそり交わしていたチャットのやりとりから、幸せいっぱいそうに見えた妻の「とんでもない裏の顔」に気づいたのである。

「………」

デスクの引き出しを開け、あるものを取り出した。

超小型の録音機。見かけはどこにでもあるＵＳＢメモリそのものだが、じつは人間の会話を驚くばかりの性能と音質で録音できる高性能なスパイグッズだ。

秋奈が浮気をしていると気づいた入江は、妻のバッグに録音機をしかけた。

そして今夜、帰ってきた秋奈がシャワーを浴びている隙に、無事バッグから回収したのである。

入江は椅子から立ち、戸口に近づいた。そっとドアを開け、様子を窺《うかが》う。

寝室から物音がした。たしかに部屋に入ったようだ。きっともう、今夜は入江の仕事場に入ってくることはないだろう。

娘の千花子はまだ自分の部屋で起きている可能性があった。だが、あの少女がいきなり入江の仕事部屋に入ってくる確率はないに等しい。

ＰＣの前に戻った。

ＵＳＢメモリタイプの録音機を取り、ＰＣに接続する。

このスパイグッズはそうすることで自動的にソフトが立ちあがり、録音機に録音された音声がすぐにＰＣで再生できるというすぐれものだ。もちろん録音された時間の任意の部分を指定し、すぐにそこを再生することもできる。

ソフトが起動した。いくつもの音声ファイルがずらりとリストアップされる。

すぐ近くで物音がするとすぐさま録音をはじめるように作られているため、思いのほかファイル数は多い。

だが録音された時刻を見れば、めざす音声の選別は簡単だ。

PCにイヤホンをつなげ、耳にセットした。

今夜八時から録音のはじまっているファイルを選び、開始から三十分後時点の音声を再生する。

すると――。

――はあぁぁん、社長……安永《やすなが》さん、あっ、あっ、ハアアァ……。

「うわっ、秋奈……」

突然クリアな音質で、艶めかしさあふれるよがり声がイヤホンを震わせた。

あられもない声をあげているのは、もちろん秋奈である。

――おお、秋奈……んっんっ……いやらしい女だ。今日もこんなにマ×コをヌルヌルにして……んっんっんっ……。

――アァン、安永さん……感じちゃう……オマ×コ、いっぱい感じちゃうの。ああ、舐めて……いっぱい、舐めて……気持ちよくさせてエエン。

「くっ……くうぅ……」

録音された音が割れるほどの音量で、獣と化した秋奈の喘ぎ声が響いた。

あらかじめ覚悟はしていたはずだ。

だが、実際に裏切りのよがり吠えをつきつけられると、胸を締めつけられるような苦しい気持ちになる。

ズシリと胸底に重いものが増した。

全身に炭酸水の染みわたるような痺れがひろがる。

――こうか、秋奈、んっんっ……おぉおぉ、今夜もまたマ×コからエロいスケベ汁がドロドロと……。

――あっあっあっ……ハァン、社長……ハアァン、スケベ汁、出ちゃう……我慢できないの……スケベ汁、マ×コからブチュブチュ出ちゃうンン。ンッハアァァ。

「うお……おおおお……」

秋奈のエロチックな声とともに、たっぷりの愛蜜が分泌されているらしき秘めやかな音が響いた。

秋奈と相手の男のやりとりを聞くかぎり、まさに今、二人は濃厚な前戯のまっ最中。どこぞのホテルにでもしけこんで、ベッドだかソファだかで乳くり合っているところのようだ。

「秋奈……」

入江は暗澹《あんたん》たる思いで内緒の音声を聞いた。

自分だって秋奈の知らないところで妻を裏切っている。そもそも秋奈と結婚したのだって、真の理由は妻とは別のところにあった。

だが、それでもこれはやはりショックだ。

まさかあの秋奈が堂々と自分を裏切って、結婚早々ほかの男とこのような卑猥な濡れ場を嬉々として謳歌していただなどとは、スパイアプリがなければとうてい信じられなかったろう。

そう。秋奈は入江に隠れて、ずっと愛人と逢瀬を重ねていた。相手は彼女が勤める中堅建築会社のワンマン社長である。

二人の関係はずっと以前からつづいていた。秋奈が入江と再会するより数年も前からのようである。

秋奈は安永という社長の愛人だった。

社長にはもちろん妻も子供もある。だが秋奈は彼の魅力に夢中で、どっぷりと爛《ただ》れた彼との性愛関係に溺れつづけていた。

入江と電撃的に結婚をしたのも、じつは社長への、当てつけの部分もあったようだ。

しかし入江と新たな家庭を持ってみても、やはり長いこと愛した男との関係はそう簡単には終わらせられなかった。

――ほんとにスケベな女だな。秋奈、おまえ、結婚したんだぞ。愛する旦那ができたっていうのに、なんだこのはしたないドロドロマ×コは。

――ハアァン。ンッハアアァ。

ピチャピチャと猫がミルクを舐めるような音が響き、それをはるかに上まわる、秋奈のけたたましいよがり声がした。

入江の前でも淫婦の本性を惜しげもなく見せる女だ。だが、この男の前でのほうがいちだんと狂乱の度が増し、痴女である自分をさらに心から楽しんでいるように思えるのは寝取られ亭主の惨めなジェラシーのせいだろうか。

「この頃、嫉妬ばっかだな、俺」

ため息まじりに出る言葉はついつい自嘲的になる。

公園の森の奥深くで少年の怒張をしごいていた千花子の姿が蘇った。あのときもけっこう打ちのめされたが、今回も抉《えぐ》られるように心の傷は深い。

それなのに――。

――社長、あっあっあっ……だ、だめ……だめだめだめえぇ。もう、我慢できないの……ち×ぽ、ちょうだい。ち×ぽ、欲しいのおおっ。

「くぅ、秋奈……」

入江のペニスはムクムクと、せつなく硬度を増していく。ジャージの股間がもっこりと、亀頭の形を布が裂けんばかりに浮きあがらせた。

自分を裏切った妻がほかの男と恥悦を貪り合う禁断の盗聴音声に、入江はどうしようもなく興奮した。

裏切られ、傷ついたことは事実なのに、それでもペニスはバッキンバキンに反り返っている。

痛いぐらいに勃起して、早くここから出せと、ジンジンと疼いて吠えていた。

2

——ち×ぽか、秋奈。これか。これが欲しいのか。

——アッハアアァァ。

どうやらすでに男も股間はまる出しのようだ。グチョグチョとなにかが擦れ合う妙に粘っこい汁音がする。たぶん、男が勃起したおのが一物を秋奈のぬめり肉に擦りつけている音だろう。

——はあぁん、安永さん、あっあっあっ。ハアアァ。

「うう、秋奈……」

もはや、我慢ができなかった。

入江はズルリと下着ごとジャージのズボンをずりおろす。

下着に引っかかって下を向いた怒張がそこから離れるや、ブルン、ブルブルッと勢いよく、ししおどしさながらに上下に揺れる。

——これか、秋奈。このち×ぽが欲しいのか。

男は秋奈をいたぶるような声で、なおも返事を要求した。

——あっはあぁ。そうなの。このち×ぽ、このち×ぽなのおぉ。

秋奈はもう耐えられないとでもいうかのように、我を忘れた破廉恥な声で責める男に訴える。

——このち×ぽが欲しかった。やっぱり、このち×ぽが一番なのおおっ。

「おおお、秋奈っ」

言うに事欠いて「このち×ぽが一番」と言い放った。

悔しかった。惨めだった。

しかし怒張は甘酸っぱく疼き、寝取られのマゾヒスティックな快感をショックとともに入江に与える。

――フフフ。そう言うだろうと思ったぞ、秋奈。ほら、くれてやる。おまえの大好きなこのデカチンをなっ。

安永の声に、ひときわ獰猛な興奮が漲《みなぎ》った。

――うっあああああぁ。

入江の鼓膜をビリビリと震わせる、この日一番の淫らな吠え声がほとばしる。

おそらく、ついに猛るペニスを秋奈の膣にヌプッ、ヌプヌプッと挿入したのだろう。

入江はその声に聞き覚えがあった。しかし、やはり秋奈が彼に聞かせる声より、さらに痴女の度が増している。

――あっはあぁぁぁ。き、来た。ち×ぽ、来た。ち×ぽ、来たあああっ。

「ううっ、秋奈……秋奈っ」

妬ける。妬ける。妬ける――。

今日もまた、入江の身体は轟々と紅蓮の劫火に包まれた。ジェラシーと敗北感という名の屈折した媚薬が恍惚とともに彼の理性を妖しく蝕《むしば》む。

入江は怒張を握った。今夜も肉棒は焼けるように熱い。

これが寝取られペニスなのか。娘につづいて母親までもが自分を寝取られの興奮に、蟻地獄さながらに引きずりこんでいく。

「ぬううっ……ぬうううっ」

入江はたまらず鼻息を荒げ、しこしこと極太をしごきはじめた。

いったい俺はなにをしているのだと、惨めな気持ちがいっそう募る。しかし、それでも陰茎は「しごいてくれ。もっと、しごいてくれ」と叫ぶかのように訴えた。

――秋奈、ち×ぽ、来たか。おまえの大好きなデカチンが来たか。ほら、気を抜くな。もっと、しっかり四つん這いになれ。おおお……。

男は気持ちよさそうな吐息を零し、なおも秋奈を言葉で責めた。そんな男の暴君のような君臨ぶりに、入江の妻は恥も外聞もなく、昼間の彼女とは別人のように、あられもない声をあげてよがりわめいた。

――ああァン、社長、デカチンが来た。デカチンが来たのおおぉ。ズボズボ来てる。奥までいっぱい、ズボズボ来てるンン。ああ、とろけちゃう。ンッハアァァ。

秋奈の淫汁がさかんに攪拌《かくはん》される、ヌチョヌチョという音が聞こえる。湿った肉が肉を打つ、パンパンという爆《は》ぜ音も生々しさいっぱいに響いた。

「くうぅ、秋奈……」

身体中いっぱいに染みわたる炭酸水は何度もくり返し、胸から手足にひろがっていく。これがよこしまな気持ちで秋奈を娶《めと》った天罰かと思えば、誰にも文句は言えなかった。

(千花子……)

ピンクにけぶる脳内に、再び千花子の可憐な美貌が蘇る。

千花子、千花子と内緒の天使にすがるかのようにその名を呼びながら、裏切り者の妻が吠える盗聴音声に、入江は胸をかきむしられる。

——ハァアン、社長、奥まで刺さるンン。

——はぁはぁ。なにが刺さる、秋奈、んん?

——あっあっあっ。き、亀頭、亀頭が刺さるの。おっきい亀頭がポルチオに、ズボズボ、ズボズボ、いっぱい刺さってエェエ。うっあああ。

「くうぅ、やめろおお……」

本気で取り乱す妻の声に、嫉妬の火炎がいちだんと増した。

たまらずペニスから指を放す。

デスクに肘を突いた。両手で頭をかかえ、苦しさにかられて髪をかきむしる。

「うおっ、うおおおっ」

ぐぢゅる、ぬぢゅるという肉ずれ音が入江の鼓膜を痺れさせた。寝取られ亭主の哀感をすさまじい興奮とともにかきたてる。

——あァン、気持ちいい。ち×ぽ、気持ちいいの。ああ、社長、出ちゃう。出ちゃう出ちゃう出ちゃう。んあああああっ。

——そら、出せ、秋奈。ションベンがしたいんだな。そおらあああっ。

——ンッヒイイイィ。

「おおお……」

膣から男根が抜ける音につづき、ピュピュッと軽快な擦過音がした。つづいて耳に届いたのは、夕立が軒を打つかのような、バラバラという湿った音だ。

——ヒイィン、社長、いやああ、気持ちいい。あああああ。

「や、やめろ……やめろおおお……」

秋奈は我慢できなくなり、潮なのか小便なのかもわからない大量の排泄汁を心の趣くままに飛び散らせているのだろう。

汁の熱気や、むわんと顔を撫でるその感触がここまで届いた気にすらなる。

入江は髪をかきむしり、強く、強く、目をつぶる。

閉じた瞼の裏側に、ねっとりととろけた秋奈の陰唇が鮮明に思い出された。粘りに粘ったシロップにまみれ、ヒクヒクといやらしく膣穴を蠢動させている。

そんな蜜まみれの肉穴から、勢いよく失禁汁が噴き出した。同時に膣穴が喘ぐかのように開閉し、そのたびヌチョリと愛蜜も、いっしょになって漏れている。そうしたイメージが入江を揺さぶる。

——はぁはぁ……はぁはぁはぁ……ああ、社長、いっぱい出ちゃう……今夜もスケべな汁、私いっぱい漏らしちゃうンンン。

——まったくどうしようもない女だな。ほかの男と結婚なんかしやがって……ばかなやつだ。おまえには、やっぱり俺しかいないんだよ！

——うおおおおおう。

取り繕うすべすらないガチンコな咆哮《ほうこう》は、いっそう狂乱の度合いを帯びた。たぶん安永の肉棹が我が物顔の猛々しさで、再びズブリと奥まで胎路を蹂躙したのだろう。

——そらそらそら。ガンガンかきまわしてやるぞ、この淫乱女。かわいい顔して、まさかこんなに好色だとはな！

——うおおおう。うおおうおうおう。

パンパンと、男の股間が秋奈のヒップをたたくリズミカルな音がした。

獣の姿に這いつくばっているはずの秋奈が、昼間の彼女からは想像もつかない吠え声で淫らな歓喜を訴える。

——おおう、社長、マ×コ、気持ちいい。社長のち×ぽが一番合うの。社長のち×ぽがやっぱり一番気持ちいい。おっきいの。いやん、おっきぃンン。おおおおう。

「うう、やめろ……」

しごいてくれ。早くもう一度しごいてくれと、ジンジンと牡茎が哀訴していた。しかし、しごきたくても手の数が足りない。入江の二本の手はグシャグシャと、髪をかきむしって震えている。

今にも叫びそうだ。すんでのところで耐えていた。しごいてもらえない極太が、上へ下へと断末魔の痙攣のように激しく棹を震わせる。

——アアン、社長、イッちゃう。もう私、イッちゃうンン。中はだめだから……中出しされたら、あの人にバレちゃうから……あああっ。

——そうか。だったら、中出し決定だな。

——えっ、ええっ、あっあっあっ、ああああああ。

「やめろ……」

愛人同士のとんでもない会話に、死にたくなるほどの苦悶を覚えた。肉が肉を打つ激しい爆ぜ音も、いっきにせわしなさと狂おしさを増す。

――しゃ、社長……しゃちょおおおっ、ああ、だめ。あっあっあっ、ンッヒイイィ。

――おお、気持ちいい。そもそもこの淫乱マ×コは俺専用だったじゃないか。何回中出しされた、秋奈。んん？　そのたびションベン漏らして失神したのはどこのどいつだ。そら、そらそらそら！

――んっひいいいいぃ。

「やめろ……もう、たくさんだ……やめろおお……」

股間の猛りがビクビクと震えた。

指一本触れていないというのに、さかんに尿口がひくついて、透明ボンドさながらの先走り汁を搾り出すようににじませる。

――あぁ、安永さん、中はだめ。中はだめぇえ。ああ、気持ちいい。中出しされるって思ったらよけいに感じちゃう。オマ×コいっぱい感じちゃうンン。おおおおお。

「やめろ。もう、やめてくれ……」

――おお、俺も気持ちいいぞ、秋奈。さあ、出すぞ。このマ×コの持ち主は誰かってことをおまえにも亭主にも思い知らせてやる！

……パンパンパン！　パンパンパンパン！

――おおおう。気持ちいい。オマ×コ、とろけちゃうンン。ああ、イッちゃう。イッちゃうイッちゃうイッちゃう。うおおおおっ。

「くうぅ……」

引きちぎるかのように、耳からイヤホンをはずした。飛び出したイヤホンがPCにたたきつけられ、大きな音を立てる。

「はぁはぁ……はぁはぁはぁ……」

腰から背筋にぞわぞわと、大粒の鳥肌が駆けあがった。

締めつけられた胸の感覚が、なかなかもとに戻らない。

ギュッと目を閉じた。唇を嚙んだ。

窄めた口の中いっぱいに、甘酸っぱい唾液が泉のようにあふれ返り、歯茎が疼く。

入江はさかんに深呼吸をした。

落ち着け、落ち着けと、必死に自分に言い聞かせる。

苦しかった。拳を振りあげ、思いきりデスクを何度も殴打したくなる。

プツッと唇の皮が切れた。鉄のような味覚が、じわじわと舌にひろがる。どうやら思いきり唇を嚙みすぎてしまったようだ。

落ち着け。落ち着け。落ち着け。落ち着け。

息を吸っては吐き、息を吸っては吐きをくり返し、入江は寝取られ地獄からの生還を試みた。

3

やがて、ようやく人心地ついた。

いや、正確に言うなら、まだまだ苦悶の嵐の中で脚を踏んばっている。

だが、ここはどこなのか、自分は誰だったのかも判然としないようなパニックの波は、ようやく次第に遠のいた。

「ああ……」

だが、先刻までとなんら変わらぬ不穏な一物がまだあった。入江はうめきながら、じっとそれに目を落とす。

いきり勃つ怒張が天を向いたままビクビクと震えていた。尿口が水面に顔を出す鯉の口さながらに開閉し、ドロッと濃密な先走り汁をあふれさせている。

「うう、千花子……」

思わず唇から零れた名前は、秋奈ではなく千花子だった。

激しく傷つき、救いを求める入江の魂は、キュートな少女にすがるかのように、その肉体に吸い寄せられていく。

ジャージと下着をもとどおりにし、椅子から立ちあがった。内緒でこっそりと秘匿《ひとく》している千花子の勉強部屋の鍵をデスクの引き出しの奥からそっと取り出す。引き出しは入江以外、誰も開けられないよう鍵をかけていた。

またしても部屋の戸口に向かう。

ドアを開け、廊下に出た。足音をしのばせ、夫婦の寝室の戸口に近づく。

「……？」

ドアノブをつかみ、ゆっくりとまわした。細めにドアを開け、中の様子を窺う。

寝室の明かりはすでに落ちていた。

秋奈の姿はクイーンサイズのベッドの中にある。横臥してこちらに背中を向け、小さな寝息を立てていた。

入江はドアをもとに戻した。スローモーションできびすを返し、階段を隔てた向かいにある千花子の部屋に近づいていく。

（千花子……ああ、千花子）

足音をしのばせ、千花子の部屋に到達した。

秋奈とのこれからの生活を思うと、暗澹たる思いにさせられる。もともとこの世で一番の女というわけではなかった。しかし、もはやこの世で二番目の女ですらない。秋奈のランクなど、もはやどんな女より下にあった。

――なんて穢らわしい淫売。

それが嘘偽りのない、正直な秋奈への気持ちだった。千花子さえいなかったら、すぐにでも離婚しているところだ。

だが、入江には千花子がいる。最初から、千花子こそがこの世で一番の女だった。恋する少年に求められても、千花子は「もう少し大人になるまでは」と、その求めを強く拒み、自分の貞操を守った。

少年への想いは当然のようにあり、自分だってせつなく疼く肉の求めを持てあましながらも、目先の欲望に負けることなく、どこまでも清らかであろうとしている。そんな美少女の清純さこそが、今となってはたったひとつの救いだった。

千花子がいるからこそ、暴発しそうな自分を抑えられた。

時刻はすでに深夜三時をまわっている。

さすがに千花子も、もう眠りに就いていることだろう。

ほんのひと目、ほんのひと目でかまわない。千花子のかわいい寝顔が見たかった。すでにぐっすりと寝ているだろう可憐な寝顔を見て、少しでも癒されたかった。

「……っ」

入江はゆっくりとドアノブをつかんだ。試しにまわして開けようとすると、やはり鍵がかかっている。

ポケットから鍵を取り出した。

音を立てないよう慎重に鍵穴にさしこみ、錠をはずす。

もう一度、そろそろとノブをまわした。今度こそラッチがはずれる。入江は息を殺し、全身を緊張させて、そっと細めに部屋のドアをこちらに向かって開放した。

「あぁぁ……」

(えっ)

入江はギクッとした。

そのとたん、部屋からあふれ出してきたのは、思いも寄らない艶めかしい声だ。

(千花子……空耳か?)

「あっ……あぁぁ……」

(――っ)

違う。空耳などではなかった。明かりの落ちた暗闇の奥から、聞くだけでゾクリと鳥肌が立つ、信じられない声が忍びやかに漏れてくる。

（この声は……もしかして——）

「あっ……いやだ……困る……あっ、あっ、あっ……いやン……だめ……」

官能的な淫声とともに、妙にねっとりとした熱気が戸口にまで流れてくる。この部屋にずっとこもっていたらしき淫靡な空気が、ドアの隙間から漏れ出しているようだ。

入江はドキドキと心臓を脈打たせた。危険は百も承知だが、愛しい娘のこんな声を耳にして、なにもなかったようにまわれ右をして戻ることはできない。

（……っ）

息を殺してそろそろと、さらにドアを開けた。ゆっくりと、ゆっくりと、部屋の中に顔を突き出していく。

（……あっ）

「あっあっ……はあぁ……ど、どうしよう……困る……私ったら……あぁ……」

（千花子！）

入江はもう少しで声をあげそうになった。両目をくわっと見開いてしまう。

闇になれた目が漆黒の中に、たしかにとらえた。奥のベッドに横たわり、淫靡な行為に夢中になって、淫らな声をあげている千花子の姿を。

「あっ……どうしよう……こんなことって……ああ、でも……ああぁ……」

千花子はベッドに仰向けになり、オナニーをしていた。黄色いキュートなパジャマの上下に細い身体を包んでいる。そんなパジャマのズボンに片手が潜りこんでいた。もう一方の手は上着の裾から、乳房のあたりに伸びている。

片手でもにゅもにゅとさかんにおっぱいを揉み、もう片方の手で股間を弄《いじ》る。あやしているのは、ワレメかそれとも牝真珠か。モゾモゾと、ぎこちない手つきで千花子が局所を弄くるたび、ズボンの股間に艶めかしく拳の形が浮きあがる。

（うおお……これは……）

信じられない光景に、またしても身体が妖しく痺れた。

千花子はとうとう我慢ができなくなったのか。あれほど必死に自慰への誘惑に抗っていたのに、美少女を決壊させたのは、日ごと発育を促進させる淫靡な女性ホルモンか、それとも恋という名の甘美な麻薬か。

「はぁはぁ……はぁはぁはぁ……」

千花子は苦しげな吐息を零し、はしたない振る舞いにどっぷりと溺れていた。

ドアには鍵をかけているからと、安心しきっているようだ。まさか入江に見られているとはこれっぽっちも思ってない。

「あっ……はう、いやだ……なにこれ……あっ……あっあっ、なにこれ……ひうう」

（千花子……）

卑猥な行為に身をゆだねながらも、どこか千花子は初々しかった。

間違いないと入江は気づく。たぶん、今夜のこの自慰が千花子にとっては人生初のオナニーなのではないだろうか。

市民公園での一件を経ても、入江はこそこそと千花子のプライバシーを盗撮しつづけていた。しかし、今日まで一度として少女のオナニー姿は目撃していない。

たしかに、悶々とした千花子は何度も見ていた。だが決定的な行為に及んだのは、やはり今夜がはじめてのはずだ。

それを証拠に――。

「あっ……あっあっ、ちょ……い、いや……嘘……なにこれ、えっえっ、あぁぁ……」

千花子はモゾモゾとズボンの中で指を蠢《うごめ》かせ、ときおり感電でもしたかのように、ビクン、ビクンと華奢な身体を震わせた。不埒《ふらち》な行為に溺れてはいるものの、覚える激しい電撃に戸惑っているのがよくわかる。堪えきれずにオナニーなる行為をはじめてみたところ、思いも寄らない快感に驚いているといったところか。

「あっ……だ、だめ……待って……なんなの、これ……えっ、えっ、あはぁ……みんな……こんなに感じているの？　あっあぁ……」

……クチュクチュ、ニチャ。

（おお、エロい音！）

波打つ動きでパジャマのズボンに拳の形が浮きあがる。

股のつけ根からは、秘めやかな汁音が響いていた。十四歳のみずみずしい肢体は、はしたない愛液を豊潤に分泌させているようだ。

「きゃん」

……ビクン。

華奢な身体が衝撃に震えた。

「きゃん、ひいん」

またもエロチックな声とともに、パジャマに包まれた肉体がベッドで不意打ちのように痙攣する。

「あっあっ……いやだ……困る……私……こんなに感じるなんて思わなくて……あっあっ……先輩……亮樹先輩、ひはっ、ふはぁ」

（うおお、千花子！）

入江は痺れるほどの劣情を覚えた。

あれほどオナニーを忌避し、意志の力で乗り越えてきた清純な千花子が、ベッドで蕾のような乳を揉み、とうとういけない行為をしている。

しかも、その感じかたは本人の事前の想像すら軽々と凌駕しているようだ。

（やっぱり、秋奈のＤＮＡを色濃く受け継いでいるんだ。つまり、この娘も……ひとかわ剝けばド淫乱。うおおお……）

そんなふうに想像すると、萎《な》えようとしなかったペニスが、パジャマの中でさらにバッキンバキンに硬くなった。

そのうえ、千花子は恋する少年の名をはっきりと口にした。

心にせつなく想うのは、やはり亮樹のことなのだ。そう思うと、またしても入江は寝取られ男の、惨めでゆがんだ昂揚感の虜になる。

（ぬお、ぬおおおっ……）

もう、たまらなかった。ズルッと下着ごとズボンをさげ、闇の中に雄々しく勃起した怒張を露出させる。ペニスを握った。それだけで搾り出された濃いつゆが亀頭の先からドロリとあふれ出してくる。

（ああ、千花子。はぁはぁはぁ！）

しこしこと、狂ったように肉棒をしごきはじめた。

最初から、猛る極太の感度はそうとう良好だ。

棹をしごけば、ビリビリと耽美な電気が湧きあがる。指の輪をひろげて肉傘を擦れば、強い電気がショートして火の粉の散るような快美感がはじける。

「あっあっ……あっあっあっ……いやだ。私ったら……は、恥ずかしいよう。信じられない……身体が……こんなに敏感に……あぁ、亮樹先輩……」

（ぬうぅ……千花子！）

今夜はとことん寝取られの悲哀を味わわされる一夜のようだ。

亮樹の名を呼びながら行為をエスカレートさせる美しい少女に、いったんは鎮火した嫉妬の劫火を燃えあがらせた。

入江は卑しい指ピストンで、疼く怒張を猛然と根元から亀頭の先まで擦過する。

（あああ。き、気持ちいい！）

ピンクにけぶる脳内麻薬が脳髄いっぱいに染みわたりはじめた。

その気になれば世界一愛しい女がそこにいる。入江は今にも少女に躍りかかりたかった。自分ではなくほかの男で気持ちよくなっている彼女が許せなかった。

そんなひどい淫売は秋奈一人で十分だ。

（ああ、千花子……千花子おおっ）

おまえは俺を裏切らないでくれ。おまえだけは俺をがっかりさせないでくれ。

焦げつく想いで何度も千花子に訴える。

なにもするつもりはなかった。少なくとも家族になった当初は。

だが、ここまで状況が淫靡にゆがんで爛れてくると、そんな自分の思いにも責任が持てなくなる。

「あっ、ハアァ、いやだ。か、身体……こんなに感じるなんて……みんな……ほんとにこんなことしてるの……あっあっ。いやだ。私……私ッ」

（おお、千花子……イクんだな。もう、我慢できないんだな）

乳をまさぐり、股間を弄くる美少女の動きは、いよいよクライマックスの激しさを増した。

見てはいけない内緒のシーンを今、自分は目の当たりにしているのだと入江は思う。

それほどまでに、少女の股間のかきむしりかたはいやらしかった。

この世に美しく生まれた女なら、決してしてはいけないと思われる品のない媚肉いじり。だが、それをしている本人にもはや理性などかけらもない。

「あっあっあっ……先輩……亮樹先輩……好きだよう。好きだよう。あああぁ」

（はぁはぁはぁ。千花子……千花子っ）

少女の脳内妄想の中で今、彼女と亮樹はいったいなにをしているのだろうか。千花子は少年に組み敷かれ、彼のペニスで淫肉を貫かれる禁忌な自分を想像しながら女陰をかきむしっているのだろうか。

なんだかそうとしか考えられなかった。

間違いなく、千花子の頭の中では今、二人は子作り行為をしている。

(うおおお、やめろ。子供なんか作るなあああ)

「はぁぁん、先輩……恥ずかしい……私……こんなになっちゃうなんて知らなくて……自分の身体がこんな……こんな……あっあっ、先輩……亮樹先輩!」

……グチョグチョグチョ。ヌチョヌチョヌチョ。

さかんに弄くる股のつけ根から、粘り気に満ちた汁音が響く。

そうとうな気持ちよさに、身も心もうっとりと酔いしれているのだろう。千花子はさかんに身をよじり、切迫感を露にした。

美麗な瞳が闇の中で、キラキラと淫靡な輝きを放つ。

蹴散らかされたかけ布団が、まるまってクシャクシャになっていた。

千花子は右へ左へと激しく暴れる。白いシーツを何度も何度も踵で蹴りおろそうとするような動きをする。

「はぁはぁ。はぁはぁはぁ！」

パジャマの上着に突っこんだもう一方の手も、痛いのではないかと思うほどの揉みしだきかたで小ぶりなおっぱいをまさぐった。

どうやら汗をかいてきたようだ。甘い香りが熱気に乗って入江の鼻腔に滑りこむ。

（イクんだな……もう、イクんだな。ああ、千花子！）

そんな千花子とシンクロし、息をつめてペニスをしごいた。

入江の男根も、もはや我慢の限界だ。ジンジンと淫らな疼きがひと擦りごとに増し、ゴハッと精子を吐かないことにはどうにもならなくなっている。

「あっあっあっ。ああ、いやだ。こんな私……で、でも……でも、ああ、これなに。なにが来るの。なにか来る。来る。来る。来るッ」

（おお、千花子、俺もイク……）

「ああ、困る……あっあっあっ。ハアァアァ……」

……ビクン、ビクン。

（ぬうぅッ）

これ以上は危険だと、入江はそっとドアを閉じた。

射精の瞬間、慌てて下着ごとズボンを戻し、飛び散るザーメンをそれらの中に吐き出している。震える指で、なんとか鍵をもとどおりに閉めた。

「はぁはぁ……」

足音を立てないよう気をつけながら、深夜の廊下を仕事部屋に戻った。部屋に飛びこみ、後ろ手にドアを閉め、ようやくホッと安堵する。

「ああ、千花子……おまえもやっぱり……いやらしいDNAを……」

なおも股間の陰茎はドクン、ドクンと脈打っていた。両手で下着とズボンを押し当て、噴き出す濃厚ザーメンを漏らさないよう気をつける。

乱れた息を整えながら、早くもほの暗い思いにとらわれた。

千花子も淫婦。

あんなに清純そうで穢れのない気だてなのに、身体は淫婦。好色な痴女。

入江は小声で、自分の妻にささやく。

「秋奈……おまえは俺を裏切っていたんだ。だったら俺が、おまえの大事な一人娘を穢したって文句は言えないよな」

ついに禁忌な計画が入江の中で動き出した。

千花子が自分の体質と、知らなかった未知の快楽を知ってしまった以上、今までどおりにはもう行くまい。

早くしないと今度こそ、亮樹にかっさらわれてしまう気がした。

そうなることがわかっていながら指を咥えて見ていられるほど、入江は達観できていない。

「おお、千花子……」

自分の指で生涯初の絶頂に達し、肢体を震わせる美しい少女を思い出した。

教えてやるぞ、千花子。俺が教えてやる。

ゾクゾクと背筋に鳥肌を立てて、入江は思った。

ようやくおまえが気づいた本当の「入江千花子」の正体を、こうなったら俺がたっぷりと教えてやる。

恨むなら、母親を恨め。

おまえに好色痴女の血を分け与えた、あの淫乱な母親を。

一人きりの部屋の中で、入江はニヤリと口角を吊りあげた。

第五章　いたいけな処女を強奪

1

「ちょっといいか、千花子。大事な話があるんだ」

入江がいよいよ愛しの美少女に牙を剝いたのは、ある休日のことだった。

彼はそう言って強引に、千花子の部屋に入った。

こんなことは同居をして以来はじめてのことだ。いつもと雰囲気の違う入江に戸惑いながらも、千花子はしかたなく彼が部屋に入るのを許した。

少女はリラックスした部屋着姿だ。

「きれいにしてるんだな」

じつは見なれた部屋だが、まるではじめて見たとでもいうかのように、部屋の中を見まわして入江は言った。

イヤミっぽく勉強机に置かれた父親とのツーショット写真にも、ねっとりとした視線を向ける。

「うう……」

千花子の態度も表情も、いつにも増して硬かった。

だが、それも当然だ。家には入江と千花子しかおらず、本来ならこんなふうに二人きりで話をすることなどありえないからだ。

秋奈は今日も女子会だと言って、申し訳なさそうに家を出ていった。

——成美《なるみ》のとこ、旦那とうまくいっていないみたいでね。またみんなで集まって、愚痴を聞いてやったり、励ましてやったりしようってことになってるの。

秋奈は仲のいい女友だちをダシにして、休日なのに外出する理由を入江に説明した。

しかし、入江には真の理由はとっくにわかっている。

今日は例の安永という社長と、日がな一日ホテルで乳くり合う予定なのだ。

平日の夜のようにせわしない時間を気にすることなく、とことんセックスの快楽に溺れようというのが、チャットアプリで妻と浮気相手が交わした、今日の内緒の予定だった。

だが、そんな秋奈の外出は入江にとっては渡りに船だ。

しかも、今日は亮樹に予定が入ってしまったため、千花子は彼とのデートの予定をキャンセルされていた。

入江と二人で家になんかいたくない千花子は必死に友だちを誘った。だが幸運なことに、仲のいい女友だちはみんな先約があった。

千花子はしかたなく自分の部屋に鍵をかけ、なかば籠城のようにして一人で休日を過ごすことに決めたのである。

――いよいよ、ときは来た。

入江がそう思い、武者震いをしたのも無理はなかった。

いつかこんなときが来ることをじっと待ちながら、こっそりと一人で準備は進めてきた。この好機を逃したら、今度はいつチャンスがまわってくるかわからない。

秋奈が出かけてしばらくすると、いよいよ彼はあるものを手に提げ、千花子の部屋へと単身乗りこんだのである。

「な、なにか……」

机の上のフォトフレームを見る入江に、薄気味悪さを感じたか。

ベッドの端にちょことん腰をおろしたまま眉をひそめ、迷惑そうなそぶりを隠そうともせず、他人行儀な問いかけかたでポニーテールの少女は聞いた。

「えっ、あっ、いや……今日は母さんもいないし、千花子と腹を割って話すには、いい機会だなって思ってさ」

入江はそう言って千花子を見た。

千花子はそんな入江を見あげ、ますます表情を硬くする。

（ああ、千花子）

とろけるような甘いものが胸の底いっぱいに湧きあがった。やはりこの子は天使だと、身悶えしたくなりながら思う。

十四歳のイノセントな美貌には侵しがたい、この年頃の少女ならではの峻烈な色香があった。

これからこの娘を穢すのだと思うと、早くもペニスが勃起しそうになる。

「腹を……割って？」

「うん、そう」

「私……別に、入江さんと話すことなんて、なにもないんですけど」

千花子は居心地悪そうに言うと、睫毛を伏せて身を強ばらせた。早く出ていってほしいという本音がありありと見て取れる、けんもほろろな態度である。

（入江さん、か）

相変わらずの他人行儀な態度につい苦笑した。

だが千花子が他人行儀なことも、こんな態度に出てくることも、今にはじまった話ではない。

もともと、これっぽっちも好かれてなどいないのだから、今さら驚くには値しない。

しかし、これから千花子はどんなにいやでも、この俺に甘えなくてはならなくなる
――そう思うと、入江は思わずクツクツと笑ってしまいそうになる。

「まあ、そう言うなよ。法律上では、もう俺の子供でもあるわけだし」

入江は快活に笑って千花子を煽った。

すると、千花子はますます美貌を硬くして不機嫌な顔つきになる。自分が入江の子だなんて死んでも認めたくないと言っているかのようだ。

「千花子、俺を父親だなんて認めるのはいやかい」

すぐにでもむしゃぶりつきたい。だが、入江はそんな本音をグッと堪えて計画どおりに進めようとする。

「うう……」

千花子は困ったように顔を背け、かわいい声でうめいた。少女の答えなど、聞かなくてもわかっている。いわば愚問もいいところだ。

だが、この問いかけこそが入江の奸計のはじめの一歩であった。

「そっか。まあ、千花子の気持ちもわからないわけじゃない」

そう言って、もう一度勉強机の写真を見た。

「けど、やっぱり俺はもう千花子の父親なんだよ。でもって俺が父親だとなると、どうしてもスルーできないことがある」

入江はそう言うと、ジャージのズボンのポケットからスマホを取り出した。片手ですばやく操作して、目当てのアプリを起動させる。

そんな入江を不可解そうに千花子が見あげた。眉間に皺を寄せ、なにごとかという顔つきで、わずかに唇を窄めている。

「なあ、千花子、やっぱり、これはどうしても見過ごせないよ」

かぶりを振ってそう言いながら、さらに千花子に近づいた。ベッドに座った千花子は緊張して身を縮める。

そんな美少女の眼前に、手にしたスマホを突き出した。千花子はギョッと仰け反ったあと、さらに眉間に皺を作り、小さなスマホの画面に見入る。

「──ひいっ」

たちまち目を剝いた。両手を口に当て、息を呑んで絶句する。

──先輩、こう？　ねえ、こう？

──ああ、そ、そう。気持ちいい……気持ちいいよ、千花子。ああ、もっとしごいて。もっと、もっと、ああ、もっと！

──はぁはぁ……先輩……亮樹先輩……はぁはぁはぁ……。

「えっ……ええっ、えええっ」

千花子が目にしているのは、この世にあってはならない禁断の映像だ。

市民公園の森の中での、淫靡かつ熱烈な睦ごとの一部始終がはっきりと目の前で再生されている。

「あ、あの……これって……」

映像の中の亮樹はいよいよ射精直前の段階にあった。

千花子はそんな少年の背後に覆いかぶさって、ぎこちないながらもいやらしい手つきで猛る勃起をしごいている。

──千花子……気持ちいいよ。なあ、「先輩、好き」って言って。

──亮樹先輩……。

「ちょっと……ちょっと待って！」

——なあ、言って。安心させて。千花子が高校生になるまで待つから。おまえを信じて絶対に待つから。

——ああ、先輩！

「ちょ……ちょっと、待って。待ってって言ってるの！」

少女はもうパニックだ。血相を変え、両手を伸ばしてスマホを奪い取ろうとする。

しかし、入江のほうが早かった。

ひょいと少女からスマホを遠ざけ、ほくそ笑みながらあとずさる。

「ど、どうして、こんなものが……」

千花子の声は震えていた。この世の終わりだとでもいうように可憐な美貌を引きつらせる。そして、うめくように声を震わせる。

「父親として、娘の素行が心配になったものだからな。悪いとは思ったが、あとをつけた。そうしたら案の定……」

勘弁してくれよとでもいうように、いささか道化て入江は言った。

「お、お母さんも知ってるの？」

血の気の引いた青白い顔つきで千花子は聞く。入江はニヤリと意味深に笑い、

「まだ知らないよ。今のところは」

これ見よがしな言いかたで美少女にそう言った。入江を見あげる千花子の柳眉が、いっそうゆがんで美貌が強ばる。

「でも……言うことになるかもしれないけどな、おまえの新しい親の義務として」

「言わないで！」

引きつった声で千花子は叫んだ。

はじかれたように立ちあがり、肉厚の唇を震わせる。

「ひどい……勝手にコソコソついてきて、こんなのまで隠し撮りして」

「いや、親だからなぁ。親としては、やっぱ娘のことは心配するのが——」

「入江さんなんて親じゃない！」

千花子はとうとう感情を爆発させた。わなわなと華奢な身体を震わせ、さらにあふれ出しそうな危ない感情をグッと堪えている。

「いや、親なんだよ。日本の法律がそう認めているんだ」

わざと呆れたような態度で教え諭《さと》すように入江は言った。

「親じゃない……」

千花子は顔を背け、震える声で言う。

心では実の父親を思っているのかもしれなかった。そうした少女のせつない葛藤に入江はゾクゾクと内なるサディズムを刺激される。

「……しかたない。じゃあ、親じゃない俺をいやでも親だと認めるための儀式が必要だな」

入江は千花子をにらみ、ひと言ひと言ゆっくりと言った。

「ぎ、儀式？」

薄気味悪いものでも見るような目つきで、千花子は入江を見る。入江はこくりとうなずいて、低い声で言った。

「そう、儀式。親だと思えないって言うんなら、こっちは力ずくででも千花子の親になる必要がある」

「ど、どういうこと」

不安な面持ちで千花子は聞いた。入江はニヤリと口の端を吊りあげる。

「千花子、これから俺たち二人が親子になるための儀式をするぞ」

拒むことは許さないと言わんばかりの強い口調で入江は宣言した。

「えっ」

「いやだと言うなら……この映像を母親どころか世界中に知らしめる。ボタン操作ひとつで、すぐにでもネットにアップできるよう、すでに準備は終わっている」

入江はそう言うと、誇示するようにスマホを翳《かざ》した。

ブラフではなく本当に、千花子が死ぬより恥ずかしいだろう映像は、あっという間に全世界に公開できるようになっていた。

「えっ、ええっ。やめて。冗談でしょ。そんなことされたら、私……人生が終わっちゃう！」

千花子はもう完全にパニックだ。いつもは落ち着いたクールな物腰の少女なのに、今はさすがにこれっぽっちも余裕がない。

両手を頭に当てたり、何度も脚を踏み直したり、哀れなまでにうろたえている。

「そうだな。人生が終わる可能性はたしかにある。ククク」

入江は不気味に笑い、千花子を脅した。

「うう……」

千花子は愕然とした表情で入江を見返す。可憐な顔には、はっきりと書いてあった。

このキモいオヤジ、ここまで悪党だったのか、と。

「自分で選びなさい、千花子。今日で人生を終了させるか、新しい父親を受け入れる儀式に臨むか」

入江はそう言うと、持参してきた紙袋を千花子の前に放った。

「うっ……」

千花子は思わずあとずさり、首をすくめて紙袋を見る。

「儀式に臨む選択をしたら、それに着替えるんだ」

「着替え……？」

まったくわけがわからないという感じであった。千花子はおそるおそる身体を折って手を伸ばし、紙袋を拾いあげる。

「……えっ、な……なにこれ」

中を改めた少女の顔からサーッと血の気が引いた。信じられないという表情で入江の顔を見あげる。

まさにドン引きという様子だ。キモい、キモいと思ってはいたが、考えていた以上のキモさだったのかと衝撃すら覚えているふうである。

「教えてやる、千花子。よく聞きなさい」

しかし、悠然と入江は言った。

妖しく昂るせいで、今にも股間の一物が急激に勃起しそうになっている。

「世の中の父親のほとんどは、みんなスケベで変態だ。スケベでも変態でもない父親を探すほうが難しい。たぶんおまえの、前の父親もそうだったと思うぞ」

勉強机に顎をしゃくり、胸を張って入江は断言した。

「そ、そんな……そんなわけ――」

「でもって……たまたまおまえの新しい父親も、ほかの大勢の父親たちと同様、スケベで変態だったというだけのことだ」

「はあ?」

開き直る入江に、自分が耳にしている言葉が信じられないという顔つきで千花子は眉を八の字にする。

もう一度、マジマジと袋の中を見た。すべらかな頬と首筋に、ゾクリと嫌悪の鳥肌が立つのがわかった。

「さあ、選べ、千花子」

そんな千花子に、入江は威嚇するように言った。選択肢など最初からひとつしかないだろうと笑いそうになりながら。

「うう……」

千花子は気持ち悪そうに入江を見て、たまらず何歩もあとずさった。

「選びなさい、どうするか。でもって……儀式を受け入れると言うのなら、これから私の言うとおりにするんだ」

2

「ククク……」

廊下に出て、千花子の準備がすむのを待っていた。

美少女の部屋のドアは開けっぱなしにしている。

万が一ドアを閉じ、鍵などかけたらその時点で人生終了決定だと、あらかじめ少女を脅していた。

本当は、その気になれば鍵など簡単に開けられる。だが、そこまでオープンにするつもりはない。

手持ちのカードは少しずつ、そのつど効果的に切っていくにかぎる。

(クク、まだかな)

入江はワクワクと、千花子に声をかけられるのを楽しみにした。

激しく苦悶し、葛藤したすえ、千花子は入江の提唱する「儀式」を受け入れる道を選んだ。

そんな千花子に、入江は嬉々として儀式の詳細を説明した。それを聞いた千花子はまたしてもドン引きし、卒倒せんばかりの様子を見せた。

だが、もはや少女は入江の手の中にあった。どんなにいやでも、抗うことなどできはしない。

なにしろまだ十四年しか生きていない人生がこっぱ微塵になるかもしれない危険な状況なのである。

とにかく少しの間だけ我慢すればいいのだからと必死に自分に言い聞かせ、精神の均衡を保とうとしているに違いない。

そうした千花子の心の葛藤と耐えがたい羞恥、不安と恐怖を想像すると、入江は身悶えせんばかりに興奮した。

「あの……」

すると、ようやく勉強部屋から千花子の声がした。ずいぶん待たされたが、やっと準備を終えたようだ。

(さあ、いよいよはじまるぞ。クク!)

入江は胸を高鳴らせた。

あふれ出さんばかりの昂揚に、甘酸っぱく全身を痺れさせる。

「……」

ドキドキしつつも何食わぬ顔をして勉強部屋に近づいた。開けっぱなしにしていた戸口から、ぬうっと顔をのぞかせる。

(――うおおおっ)

「はうう……くっ、ううぅ……」

千花子はベッドのすぐ近くに、いたまれなさそうに立っていた。その姿をとらえ、入江は思わず歓喜の声をあげそうになる。

そこにいたのはウブないやらしさ全開の、体操服とブルマを身につけた美少女だった。

清楚な少女はそんな自分の装いに粘りつく視線を集中させる義理の父親が耐えられず、唇を嚙んで身をよじる。

(こいつは思っていた以上だ)

入江はうっとりと体操服姿の千花子に見とれ、つい鼻息を荒くした。

半袖の白い体操服に、太腿まる出しの、パツンパツンの濃紺ブルマ。体操服は半袖で、丸襟と袖の端にはブルマと同じ濃紺のラインが走っている。

季節的には完全にミスマッチだが、部屋には暖房を効かせている。決して寒くはないはずだ。

この衣装は入江がこっそりと用意したものだ。

もちろん、千花子の中学にも体操服はある。

だが、残念ながらそれは太腿まる出しのブルマではなく今様のデザインで、入江としてはあまりそそられない。

女子中学生はやはりブルマである。太腿まる出しなのである。そうでなければ体操服に、わざわざ着替えさせる必要もないとすら入江は思っていた。

そんな入江にとって、用意した体操服と千花子のマッチングは、はっきり言って期待していた以上だ。

(おお、千花子……)

生唾を飲みこみ、愛しの美少女の体操服コスプレに恍惚とした。

華奢な肢体と初々しさあふれる白い体操服、濃紺ブルマの組み合わせが、この年頃の少女にしか出させないみずみずしいエロスを生んでいる。

体操服の裾から、細くて形のいい腕が伸びやかに露出していた。

長い腕と細い指、健康的な薄桃色の短い爪が、いつも以上の鮮烈さで網膜に飛びこんでくる。

白い体操服の胸もとが、ふっくらと淫靡な盛りあがりを見せていた。

まさに青い果実の趣だ。

緊張のあまり、いやでも呼吸が荒くなるのか、腹の部分が引っこんだり盛りあがったりをさかんにくり返す。

(ああ、ブルマ……千花子の太腿!)

しかし、やはり視線を釘づけにさせられるのは、JCエロスを濃縮したように見える濃紺のブルマ。そしてそこから伸びる、長い美脚のいやらしさである。

千花子の脚はとても形がよかった。幼げながらもすらりと長く、そのうえ年齢相応に、キュッと締まって無駄な肉がない。

こんなふうにキュートなブルマに装うと、なんだか美脚はいつもより健康的に盛りあがって見えた。

どうだこの白い太腿の匂い立つような官能味は。

ちょっと身体を動かすたび、太腿の肉がブルブルと震えた。そのたびキュッと筋肉を盛りあがらせる、脹《ふく》ら脛《はぎ》の健康美にもそそられる。

(こいつはたまらん)

見ているだけで、入江は不覚にもクラクラときた。だが、まだなにもしていないというのに、間抜けに失神するわけにはいかない。

「さあ、それじゃはじめようか」

そう言うと、勉強机のフォトフレームを手に取り、大股でベッドに歩み寄る。

千花子は思わず入江を避けて飛び退いた。

入江はドッカと腰をおろす。ベッドのスプリングがギシギシと軋み、マットレスが上下に揺れる。

「はじめろ、千花子。待ったなしだ」

体操服姿をさらすだけでも千花子にとっては耐えがたい羞恥プレイのはずだ。そのうえ、彼女はこれから本音とはあまりに違う行為に身をゆだねねばならない。

「くうう……」

だからこの期に及んでも、まだ激しく逡巡《しゅんじゅん》していた。肉厚の朱唇をせつなげに嚙み、どんよりと重苦しい顔つきでさかんに目を泳がせる。

チラチラと気にしているのは、入江が手にしている写真立てだ。

（クク。ああ、興奮する！）

そんな千花子を見ているだけで、ますますゾクゾクと昂りが増した。股間の一物もムクムクと、いよいよ硬度と大きさを増す。

「さあ、はじめろ、千花子。約束はどうした」

「うっ、ううっ……」

(さあ、来い。早くしろ)

「やらないのか」

「っ……」

(千花子!)

「ふーん、そうか。よし、わかった。それじゃ、これから——」

気分を害したふりをして、荒々しくベッドから立ちあがろうとした。すると——。

「お、お父さん!」

ついに、はったりが功を奏した。

(おお、とうとう来たか!)

もはやためらっている場合ではないと、腹をくくったかのかもしれない。千花子は無理やり自分を鼓舞し、身を投げ出して入江に抱きついてきた。

「お、お父さん……お父さん……」

入江の脇から両手で抱きつき、彼を呼びながら、さらにグイグイと身体を押しつけてくる。

「お父さん……」

「なんだい、千花子」

「ううっ……」

「な、んだ、い、ち、か、こ」

「くぅぅ……」

やらなければならないことは、すでに全部指示してあった。それらをやり遂げ、入江を満足させなければ、おまえに未来はないと宣告している。

「千花子……」

「ひうう……い、今まで……」

「……」

「今まで……ごめんなさい。ごめんなさい、お父さん……」

(おおお……)

千花子はプライドをかなぐり捨て、必死に入江に謝罪した。

人生を終了させたくなかったら、俺に謝罪して甘えてみせろ。実の父親以上に親しげに甘えてみせなかったら、そのときはしかるべき処置に出る——入江は千花子にそう告げて、千花子を地獄に突き落としたのだった。

徒手空拳の千花子に勝ち目はなかった。

しかたなく、入江に命じられるがまま、彼に与えられた体操服とブルマ姿になって必死に謝り、甘えてみせる。

「お父さん……今までごめんなさい……」

「ほんとは大好きなんだよな」

「……えっ」

「ほんとは大好きだったんだろ。あれ、違ったのか」

「うう……だ、だ……」

「……」

「大好き……」

（ククク。じゃあなんだよ、この鳥肌はよ！）

千花子は可憐な美貌を強ばらせ、心にもない愛情表現をした。しかし、見れば細い腕には大粒の鳥肌が立っている。

大嫌いな入江に抱きつくだけでも本当はえずきそうなほどいやなのだろう。

そのうえ「大好き」とまで言わされては、どんなに我慢したくても自然に嫌悪の鳥肌が立つというわけだ。

（ああ、興奮する！）

一方の入江もまた全身に鳥肌を立てていた。だがこちらは嫌悪の鳥肌ではなく、歓喜と恍惚の証である。

温みに満ちた十四歳の肢体がしっかと自分に密着していた。

緊張のせいか嫌悪のためか、左の胸ではトクトクといたいけな心臓が激しく鼓動している。

「そうか。好きか。クク。このオッサンより好きか」

抱きついてくる千花子に、フォトフレームを示した。

「くっ……」

千花子は小さく息を呑むも、必死に朱唇を噛みしめて、しかたなさそうにこくりとうなずく。

（ああ、千花子！）

入江はもうたまらなかった。天にも昇る気持ちである。

股間の猛りが獰猛さを増し、ジャージの股間をもっこりと亀頭の形に突っぱらせたことに、千花子はまだ気づいていない。

3

「そうかそうか。このお父さんより好きか。かわいいよ、千花子」

そう言うと、入江は自らも体操服姿の美少女を抱き返した。

「ひっ……」

千花子はビクッと身を震わせ、たまらず全身を硬くする。入江はそんな千花子を抱き、ムラムラと度しがたい欲望の虜になる。

「お父さん……ごめんなさい……」

耐えるには超人的な我慢を必要とする忌まわしい事態に、千花子は身体も心もフリーズした。まるでひとつ覚えの呪文かなにかのように、か細い声を引きつらせ、入江への謝罪をくり返す。

「ごめんなさい……ごめんなさい、お父さん……」

「悪い子だったな、千花子。お父さんは正直とっても悲しかった」

「うう……」

「でも、おしおきを終えたら全部水に流してやる」

強ばった沈黙が部屋を支配した。

「……えっ」

やがて、千花子が不審げに問い返す。

「おしおき？」

「ああ、そうだ。昔から、悪い子にはおしおきだって決まってるだろ」

「……っ。き、聞いてない──」

千花子は慌てて入江から身を剝がそうとした。しかし、少女の身体はそのまるごとが今や入江の腕の中にある。

「あれ、話さなかったか。そこまで含めて『儀式』なんだよ！」

「きゃあああああ」

入江は獰猛な力で千花子をベッドに押し倒した。思いがけない展開に、千花子はけたたましい悲鳴をあげる。

千花子を完全にベッドにあげ、華奢な肉体に覆いかぶさった。

暴れる千花子に有無を言わせず、すらりと伸びやかな脚をつかむと大胆なM字に開脚させる。

「ああ。ちょ、なにするんですか。いや……こんな格好、いやあああっ」

自分でさせておきながら、とんでもないポーズになった美少女に駆けめぐる血液が一気にたぎった。

清楚な美少女はまるで仰向けにつぶれた蛙のようだ。

こんな真面目な少女にさせてはいけないだろう品のないガニ股姿。股のつけ根の腱がキュンと突っぱって盛りあがっている。

剝き出しの両脚が身も蓋もなく開き、胴体の真横に並ぶほどグイグイと押さえこまれていた。

（ああ、エロい！）

二目と見られぬはしたない格好に、入江の鼻息はいやでも荒くなる。

だが、一方の千花子はといえば――。

「いや。放して。放してください、入江さん。いや……いやあああっ」

つい今しがたまで、入江を「お父さん」と呼んで抱きついていたことなどどこへやら。入江など父親でもなんでもないという本音をまる出しにして、他人行儀な「さん」づけで必死になって訴える。

「クク。言っただろ、千花子。悪い子にはおしおきだってな！」

「うおお、千花子……」

しかし、入江は動じない。心にもない戯言《たわごと》など、いくら言われたってうれしくもない。もともとこんな展開に持ちこむために抱きつかせていたのが真相だ。

「い、入江さん……」

「さあ、おしおきだ。もっとも、おまえにとっては意外に気持ちのいいおしおきかもしれないぞ！」

「えっ、きゃあああ」

美少女を恥も外聞もないガニ股姿に貶めたまま、ブルマの股間にむしゃぶりついた。狂おしく鼻面を押しつけると、ジューシーな恥丘がふにゅりとひしゃげる。

「いや、いやああ……いやだ。放して。放してください。いやあああっ」

千花子はビクンと肢体を震わせ、ますます激しく取り乱した。必死になって身をよじり、入江の拘束から逃れようとする。

こんなことは十四年間の人生で一度もないはずだ。ウブで常識的なＪＣには信じられない状況以外のなにものでもないだろう。

入江は背筋にゾクゾクと興奮の鳥肌を駆けあがらせた。さざ波さながらの大粒が、あとからあとからひろがっていく。

「まったく大人に苦労ばかりさせて……いけない子だぞ、千花子。そんなおまえには、こうしてくれる！」

言うが早いか、思いきり舌を飛び出させた。

いやがってくねる濃紺ブルマの生地ごしに、レロンとワレメをひと舐めする。

「キャヒィィン」

そのとたん、千花子の喉から思いも寄らない声がはじけた。同時に予期せぬ激しさで、拘束された尻が勢いよく跳ねあがる。

（おお、感じてる。すごい感じかただ！）

先日こっそりと出歯亀した、闇の中でのオナニーシーンがまざまざと思い起こされた。

千花子が気づいた卑猥な淫乱遺伝子を今日はとことん本人に思い知らせてやるのである。

「なんだ、そのスケベな声は。こうか。こうされるとそんな声が出るのか。んん？」

入江は再び一度目以上の激しさで、ねろんと恥裂を舐めあげた。

「ヒイィィン。ちょ、や、やめて。やめてって言ってるの。ヒイィィン」

二度、三度と立てつづけに千花子の女陰をクンニする。

マッチでも擦るような荒々しさでブルマに舌先を押しつけた。そのまま一気に擦りあげると、少女はビクビクと派手にヒップを跳ねあげる。

（すごいだろう、千花子）

自分の体熱がさらに上昇していくのを入江は感じた。

今この瞬間、千花子に起きているとんでもない恐怖を想像すれば、そんな少女に驚きと快感を与えていることに、痺れるほどの劣情を覚える。

ジャージの中で勃起ペニスがジンジンと疼きを増した。早くここから出してくれと訴えられているかのようだ。

「どうした、千花子。やめてくれっていうわりには、けっこうエロい声が出ている気がするが。んん？」

……ねろん。ねろねろ。

「キャッヒイィ。ああ、待って……ちょっと、待って！」

「だめだ。待たない。おしおきすると言っただろ。んっんっ……」

「あああ。あああああ」

千花子は本気で動転し、必死に拘束から逃れようとした。右へ左へと華奢な肢体を振りたくり、入江の眼前から股間を遠ざけようとする。

しかし、そんなふうにいやがられればいやがられるほど、よけい入江は発奮した。

愛しい少女の朱唇から艶めかしい淫声をもぎ取っている現実も、さらに彼を昂揚させる。

「どうした。どうした。まさかおまえ、中学生のくせに感じてるんじゃないだろうな」

言葉責めまでくり出して、罪のない乙女の羞恥心を切り刻んだ。

「ち、違う。ふざけないで。私、感じてなんか……」

仰向けにつぶされた美しい蛙は可憐な美貌を引きつらせ、必死の形相で言い返す。卵形の小顔はいつしかストーブにでも当たったかのような朱色に染まっていた。

「ほう、そうか。千花子……嘘をついたら、さらにきついおしおきだぞ！」

全力で体裁を取り繕おうとする女子中学生に、入江は嗜虐的な痴情が増す。

濃紺ブルマに指を伸ばし、裾の部分に引っかけた。ブルマの厚い生地は少女の股間に吸いつくかのようだ。容易に伸び縮みする素材ではないが、男の力でパンティごとグイッと脇へと追いやった。

「きゃあぁ。いやあぁあ」

粘膜の裂けスジを露にさせると、千花子の喉から悲愴な悲鳴がほとばしる。

（おお、見えた。とうとう千花子のオマ×コが！）

入江は魅惑の眺めにうっとりと酔いしれた。

陰部を露出させるやいなや、ムンと温かで淫靡な熱気が甘酸っぱい匂いとともに入江の顔面にまつわりつく。

「いや。いやいやいやああ。見ないで、スケベ。変態。変態。なにジロジロと見てるの。見ないでよ。見るなああっ」

「ほら、おとなしくしなさい。ちゃんと育っているかどうか、お父さんが見てやる。これも父親としての義務だ」

「ふ、ふざけたこと言わないで。ああ、見るな、ばか。いやあああっ」

「ククク……」

千花子はそれまで以上のパニックぶりを見せ、全力で入江に抗った。

だが、それも無理はない。なにしろいまだ男を知らない、もっとも恥ずかしい部分を好きでもない男にさらしてしまっているのである。

(おお、まだ子供みたいなオマ×コ!)

千花子の抵抗を獰猛な力で押さえこみ、とろける心地で少女の聖裂を鑑賞した。

ふっくらと、意外に豊かな脂肪味を感じさせる、柔らかそうなヴィーナスの丘だった。ふかしたばかりの肉まんの、こんもりとした眺めを彷彿とさせる。

そうした白い肉土手に、縦一条の亀裂が無防備に走っていた。

下手をしたら小学生の女の子の持ち物にも思える、あどけなさの横溢《おういつ》した幼さ満点のスジである。

しかし、この恥溝の持ち主が現在第二次性徴期まっただ中であることは、そのスジを彩るいやらしい陰毛がアピールしていた。

いかにもウブな中学生らしく、手入れもなにもされていない。千花子の秘毛はワレメの上に、縮れた毛先をからめ合って群生している。

(ああ、これが千花子のマ×コ……この美しい少女の生マ×コ!)

「いやあ。放して。見ないで。見ないでぇえ。あああ」

「おおお……」

暴れる少女をグイグイと押さえつけ、入江は恍惚となった。

自分のように平凡な中年男がイノセントな美少女の穢れなき処女肉を鑑賞できていることに、疼くほどの多幸感を覚える。

しかし、この多幸感は嗜虐的な肉欲とセットであった。真綿で首を絞められたような息苦しさにかられながら、ついに入江は——。

「ふむ。まだ子供みたいなマ×コじゃないか、千花子」

少女の陰部を見た感想を口にする。

「──ひっ。な、なにいやらしいこと言ってるの！」

「おまえ、こんなおこちゃまマ×コのくせに、メチャメチャ感じているのか」

「ううっ……だから私、感じてなんか──」

「嘘を言ってもまるわかりだぞ！」

（そら、今度は直接舐めてやる）

そう宣告する声は思わず荒々しさを増していた。

入江はブルマを脇にずらしたまま、またしても舌を突き出して、剝き出しの秘唇にンヂュチュとむしゃぶりつく。

4

……ネチョッ。

「きゃあああああ」

「おお、千花子……なんだ、このヌメヌメした汁は。んっんっ……」

……ピチャ。ピチャピチャ。

「あああ。ちょ、やめてよ、変態。そ、そんなとこ舐めないで。あああああ」

「クク。大好きなあのクソガキにだって、まだ舐めさせてないのにってか」

「あああ、あああああ」

直接媚肉を責めたてられ、千花子の狂乱はさらにエスカレートした。強い電気でも押し当てられたかのように、派手に身体をバウンドさせる。

ショック、恐怖、嫌悪、恥じらい、それらさまざまな感情がどれも極限近くにまでメーターを振りきり、いたいけな少女の身体の中で嵐のように荒れ狂う。

「ムブウゥ……」

自分の口からほとばしる声に、びっくりしたのは千花子だった。慌てて両手で口を押さえ、ギュッと目を閉じていやいやと右へ左へかぶりを振る。

(こ、こいつはたまらん！)

そうした少女の本気な様に、入江もまた淫虐のメーターを振りきった。

こうして舌でなど、まだ責めてはいけないようにも思える幼さあふれる少女肉。愛らしい縦スジは小陰唇のビラビラさえ飛び出させていない。

「ムブゥ。ンムブゥ」

そんなあどけない朱裂を入江はさかんに舌でこじった。

ぴたりと肉扉を閉じてこそいるものの、陰唇の内側にはすでにねっとりと不埒な汁が分泌してきている。

(濡れてる……ああ、いやらしい!)

これぞ秋奈のＤＮＡだと入江は欲情した。

いやな男にこんなふうにされることは嘔吐《おうと》しそうなほどの嫌悪のはずだ。それなのに、戸惑う気持ちとは裏腹に、少女の肉体は入江の舌にありえない反応をしてしまう。

「ムブゥ、ムブゥン……ムハアァ。あっあっ……あっあっあっ……ちょ……やめてって言ってるの。な、舐めないで。あっあっあっ」

必死に口を押さえようとしても、脳内にあふれ出す淫らな麻薬に抗しきれないようだ。少女は思わず口から手を離し、またしてもいやらしい声で喘いでしまう。

「クク。いい声で泣くな、千花子」

「ひうう、い、いい加減に……ンヒイイィッ」

狼狽する少女の悲痛な悲鳴が突然恥も外聞もないよがり声に変わった。

入江の舌が不意打ち同然に、ワレメの上に鎮座する恥じらいと快感の蕾に舌のパンチを浴びせたのだ。

「ちょ……な、なにしてるのおおっ」

「クク。知らなかったろう、千花子。ここ、メチャメチャ気持ちいいだろ」

「ああ、ちょっと……ヒイイ、やめて。ヒイイイィ」

力のかぎり暴れる少女をベッドのマットレスに押さえつける。

そうしながら、肉莢の中に姿を隠す淫靡な肉実をこじり出すように、ピチャピチャ、レロンと舌でさかんにあやしていく。

「いやあ。待って。待って、待ってええ。ああああああ」

（クリ豆、けっこう勃起してる）

莢から剝こうとする牝豆は意外に大ぶりだった。少なくとも、可憐で清楚なイメージの、千花子の美貌からは想像もできない。

淫肉の畝《うね》のその上に、生々しく勃起した大ぶりな豆が無理やりズルズルと丸裸にされた。ぷっくりと張りつめた充血豆はルビーのような色をしている。

「おお、千花子、なんてエロいクリ豆。んっんんっ……」

「ンヒイィ。ああ、いやだ。あっあっ、あああ。な、なにこれ……なにこれエエエエ」

すると、千花子の反応に変化が起きた。

恐怖やパニック、嫌悪がほとんどだったはずの言葉の中に、驚き戸惑い羞恥する、艶めかしいものが一気にあふれ出してくる。

「感じてるんだな、千花子。まだ処女のくせに、なんてはしたない。んっ……」

「ヒイィ。あっあっあっ、な、舐めないで。そこ、舐めちゃだめ。あっあっあっ」

「クク。クリトリスだ。ここをこんなふうに舐められると、気持ちよくってたまらないだろ。んっんっ……」

牝珠に舌を擦りつけ、発火すらしそうな激しさでレロン、レロンと跳ねあげた。

「ンヒイィ。ヒイイィ」

千花子はもう、取り繕うすべもない。彼女とも思えない淫らな声をあげ、ヒクン、ヒクンと細身の身体をマットレスを軋ませてバウンドさせる。

(感じてる。すごく感じてる。いいぞ、いいぞ！)

してやったりという心地になりながら、入江は肉真珠と粘膜湿地の蹂躙者と化した。疼くペニスは今にも暴発してしまいそうだ。

入江は肛門をキュッと締め、吐精の誘惑に懸命に抗う。

ドロドロの涎をべっとりと、穢れなき秘割れとクリトリスに塗りたくった。千花子の陰核と幼い牝割れはシロップでもまぶされたようにネバネバと糸引く品のない眺めになっていく。

しかも――。

……ニヂュ。ニヂュチュ。

「あああぁ！」

「うおお、千花子……おまえ、こんなことされてマ×汁をお漏らししてるのか」

怒濤のクンニリングスで未開の処女地を責め嬲れば、せつなく悶える乙女の恥肉は本人の誇りや尊厳を踏みにじるかのようにして、にじませてはならない恥ずかしい粘液をどうしようもなく幼い膣穴から搾り出す。

「ヒイイ、違う。漏らしてない。漏らしてないイィ。あっあっ、あああ」

（おお、こいつはひょっとして……イキそうか）

剝き身のルビーと蜜貝への責めは、思った以上の淫力で少女を苦しめているらしかった。レロレロと、なおも激しく勃起豆を舐めはじき、ウブな肉園を舐めほじる。

「あっあっあっ。ちょ、なにこれ。ちょっと、なんでぇえ。あっあっ。あああああ」

すると千花子はますます動転し、美少女にもあるまじき不様な顔つきを惜しげもなくさらす。

あんぐりと大きく口を開けた。喉チンコまでさらしている。

「ああ、あああああ」

そして涎の飛沫を飛び散らせ、繕うすべもない本気のよがり吠えを勉強部屋に響かせる。

「どうした、千花子。どうした。どうした。んっんっ……」

こうなったらぜがひでも、千花子をアクメに突き抜けさせたかった。

暴れる少女を力任せに拘束したまま、スパートをかけて牝割れと肉芽をピチャピチャ、ピチャピチャとしゃぶり抜く。

「あああ。うあああああ。い、いやだ。困る……なにこれ。なにこれ。なにこれ。あああ」

「どうした、千花子。どうした。どうした。どうした。んっんっんっ……」

……ピチャピチャピチャ。レロレロ、レロン。

「あああ、どうしよう。見ないで。見ないでえ。あああああ」

「──うおっ」

……ビクン、ビクン。

「おおお、千花子……」

ついに千花子は官能の狂おしい頂点に突き抜けた。

強い雷に脳天から貫かれでもしたかのように完全に理性を粉砕させ、オルガスムスの電撃に身体も心も酔いしれる。

（最高だ……）

入江はそんな美少女を呆けたように見おろした。

やはり、この娘も痴女である。自分では制御できない淫乱な血が、みずみずしい肉体の中を沸騰しながら駆けめぐっている。

「み、見ないで……見ないでよう……いやだ、私……あっ、ハアァァ……」

千花子はビクビクと派手に身体を痙攣させた。

アクメと同時に、その脚はようやく解放してやった。

右へ左へと苦しげに何度も身をよじった。変な角度に身体を曲げ、あうあうと肉厚の朱唇をわななかせている。

可憐な美貌が湯あがりのように紅潮していた。

引きつる瞳はねっとりと潤んでいる。いや、潤んでいるというよりも、ドロリと濁っているというほうが正確だろう。

卑しい悦びに恍惚とし、我を忘れるケダモノが入江の眼前で甘ったるい汗を噴き出している。

「はぁはぁ……はぁはぁはぁ……ど、どうしよう……あああ……」

「ククク。ずいぶん気持ちよさそうじゃないか。これじゃ、おしおきにならないな」

入江は呆れたように笑ってみせながら、着ていたジャージを下着ごと脱ぎ捨てた。

——ブルンッ！

ようやく楽になれたとでもいうかのようだった。

天突く尖塔さながらの、雄々しい極太が露出する。猛る肉棹は卑しい力をパンパンに張りつめ、鎌首を不気味にもたげていた。

5

「はぁはぁ……はぁはぁはぁ……」

しかし、千花子は気づかない。

やっとのことでアクメの痙攣こそ収束しかけてきたものの、いまだその顔はぼうっとしたままだ。官能と絶望の双方に心を奪われ、なかなかもとには戻れないといった感じである。

(さあ、いよいよだ！)

自分の人生にこんな時間が待っていただなんて、本当に夢のようだ。

千花子はぐったりと長い脚を投げ出している。入江はそんな美脚を再び左右に割って、股の間で場所を確保した。

「……えっ、ヒイイ！」

ようやく千花子は気づいたようだ。今、自分がさらにとんでもない地獄へと引きずりこまれようとしていることに。

「な、なにしてるの。なんで裸なの！」

艶めかしくとろけきっていた美貌が一気に強ばりを増す。

それも当然の話だろう。なにしろ気づけば忌むべき継父が股の間で裸になって、グロテスクなものを我が物顔で反り返らせているのである。

「なにって……これからおまえにおしおきち×ぽをくれてやろうと思ってさ」

入江は堂々と千花子に宣言した。慌てて閉じようとする少女の脚を横暴な力でまたしても右と左に開かせる。

「えっ、ええっ……そんな……いやだ。いやだいやだいやだッ」

入江の言葉に、千花子はパニックになった。ベッドから身を起こして逃げ出そうとキュートな美貌を引きつらせて上体を起こそうとする。

「いやなことだから、おしおきなんだろ！」

入江は千花子の上体をベッドに押さえこんだ。少女は「きゃあああ」と悲鳴をあげ、恐怖にかられてなおも暴れる。

「いやッ。いや。いや。いやああッ。それだけは……それだけはああ！」

「俺のことを心から『新しい父親』だと認められないって言うなら、それでけっこう。そのかわり、父親なら絶対にしてはならないことをして、一生俺を忘れられなくさせてやる」

「ヒイイィ」

いやがる千花子に有無を言わせず、身体を重ねて抵抗を封じた。

そうしながら少女の股間に手を伸ばし、もとに戻りかけていたブルマのクロッチをパンティごと脇へとずらしてやる。

千花子の身体は驚くほど熱くなっていた。汗の甘露を噴き出しているため、みずみずしい肌はじっとりと湿っている。

「い、いや。お願い。入江さ……お父さん、やめてえぇっ！」

美少女は両目を見開き、必死に暴れて懇願した。長い手足を狂ったように動かして、なんとしてでも入江の下から逃れようとする。

「お、お父さんだって認めるから、いい子にするから、ちゃんと言うこと聞いて……お父さんの娘になるからあああっ」

「ククク。もう遅いよ、千花子」

今にも泣きそうな美少女に、内なるサディズムを燃えあがらせて入江は言った。猛る勃起を手に取り、少女の股間へと導く。愛蜜と唾液まみれの淫肉に、無理やりクチュッと亀頭の先を押しつけた。

「ヒイィ!」

(うおおお、これだけでもう気持ちいい!)

「い、いやだ。やめて。お願い。やめてええっ」

「はぁはぁ……もう、遅いよ。俺、決めたんだ」

「ええっ……ああ、いやあ……」

男を知らない未開の苑に、焼けるように熱いものを押しつけられたことは、もちろん千花子にもわかっている。懸命に身をよじり、最悪の瞬間を回避しようとした。はあはぁと漏れ出す熱い吐息が、入江の顔面に降り注ぐ。

「いや、いやあ……」

「あんなガキに千花子の『はじめて』を奪われるぐらいなら、俺がいただいてやる」

熱くどす黒い劣情が胸からひろがり、全身に染みわたった。

膣穴に押しつけた鈴口が「早く、早く！」と駄々っ子のように訴えている。

「ええっ……お父さん！」

千花子はもうパニックだ。一瞬として止まることなく身をよじり、美貌を引きつらせて暴れまくる。

「いや。いやああ——」

「でもって……これは俺の復讐でもあるんだ！」

「……えっ。ふ、復讐。復讐って——」

「とにかくクソガキにおまえの処女はやらない」

「お父さん、お父さん！」

「誰がやるか。おまえの『はじめて』をいただくのは、この俺だ！」

そう叫ぶと入江はついに、強引に前へと腰を突き出した。

——にゅるる。

「あああああ」

「うおっ……うおおおっ……」

そのとたん、彼の亀頭は異次元のようなヌルヌルした場所に飛びこんだ。

ぬめりに満ちたヒダ肉がそれ以上の侵入を拒もうとでもするかのように、全方向から亀頭に吸着し、押し返そうとする。

(な、なんという膣圧!)

「ヒイイ、や、やめて……やめてやめてやめてええっ」

「千花子……」

「挿れないで。挿れちゃ、いやだ。いやだいやだいやだ。私、はじめてだよう。中学生だよう。お願い、お父さん。いい子になるから……これから絶対、いい子にするからあああ!」

「くうゥッ。た、たまらん!」

「——ヒッ。きゃあああっ」

……ヌプッ。ヌプヌプヌプッ!

「ヒイイ、い、痛い……」

(おお、千花子!)

膣の激しい抵抗と、千花子の全力の哀訴に抗い、入江はさらに力をこめ、埋まりかけた亀頭を前進させた。

まるで挿入する穴を間違えたのではないかと思うような狭さである。膣の抵抗はやはり強く、なおもペニスを出口へ、出口へと、さかんに押し返そうとした。

（ぬううっ）

しかし、こんなところでやめることなどできはしない。

入江は鼻息を漏らし、ググッと奥歯を噛みしめた。ヌメヌメしながらも狭苦しい処女地をおのが肉棒で貫通させる。

窄まりたがる肉洞をミチミチと強引に割りひろげての蹂躙行為だった。

いくら好色な血を引く娘とはいえ、やはりまだセックスの相手にするにはその身体は幼すぎたかとも思ってしまう。

「ひううっ、い、痛い……痛いよう……」

「千花子……」

それでも猛る極太で、奥まで淫肉を刺し貫いた。そんな入江の耳に届いたのは、哀切さすら感じさせる千花子の悲痛な訴えだ。

「抜いて……入江さん……抜いてよう……痛いの……痛いいい……えぐ……」

見れば千花子の双眸《そうぼう》からは、宝石のような涙があふれ出していた。

見られることを恥じらうように、顔を背けて唇を噛む。しかしそれでは、また反抗的だと思われてしまうと気づいたか――。

「入江さん、抜いて。お願いです。抜いてぇ……」

涙に濡れた顔で入江を見つめ、声を震わせて哀訴した。

しかし、千花子はわかっていない。こんなふうに見つめられ、哀願されたら男はもう、やめることなんてできるはずがないことを。

それどころか――。

「おお、千花子！」

「ンムブゥ……」

ひとつにつながった少女への恋情はもはや堪えようがなかった。入江はむしゃぶりつくように、千花子の朱唇を強奪する。

6

「い、いやッ。ンムウゥ……いやあぁ……」

「おお、千花子……んっんっ……あぁ、唇が柔らかい……んっんっ……」

「いやだ。こんなの、いや……むぅンン……」

ぽってりと肉厚な唇は得も言われぬ柔らかさと弾力に富んでいた。

勢いに任せ、グイグイと口を押しつければ、朱唇がひしゃげて白い歯どころか歯茎までもが露になる。

「くぅ、千花子……んっんっ……」

十四歳の美少女の口を吸うなんて、生まれてはじめてのことだ。

かつて入江が中学生だった頃、少女という生き物は住む世界の違う、はるか彼方の存在だった。

そのうえ今、自分が口づけているのはS級レベルの美少女だ。

──俺は今、この美しい娘をとことん穢している。

そう思うと、ほの暗い後ろめたさとともに、欲望が度しがたいまでに肥大する。

「い、いや……キス、いやあ……ムンゥ……」

(うおおおっ)

いやがりながらも千花子の膣は、不随意にキュンと収縮した。

ただでさえ窮屈なヒダ肉に、思いきりペニスを甘締めされる。怒張から全身に痺れがひろがり、鳥肌のさざ波が一拍遅れで痺れを追いかける。

「おお、千花子……千花子！」

「──ひいいっ」

……バツン、バツン。

「痛いッ。痛い、痛い……う、動かないで。あああ」

「うおっ、キツい……」

気を抜けば、すぐにも達してしまいそうだ。入江はいよいよカクカクと、前へ後ろへと腰を振りはじめる。

そのとたん、秘唇を抉られる少女は弱々しく身じろぎをしながら悲痛な声を放った。

「ヒイイ、痛い……ああ、やめて。動いちゃいやあぁ……」

「あっ、ああ……」

（き、気持ちいい！）

ペニスをもてなす淫肉に、入江は快哉《かいさい》を叫びそうになる。

蜜をにじませた狭隘な膣路は、肉棒の滑りをいっそう快適なものにした。

しかし同時にヒダヒダは、いかにも十代らしい初々しい硬さも感じさせる。とろけてはいながらも、ほぐれきらない強ばりが濃厚だ。

そんなウブな牝洞が亀頭を擦りつけるたび、ヒクン、ヒクンと不随意に蠕動した。

ムギュッと亀頭を締めつけては解放する動きをくり返す。

「ああ、千花子……おまえのマ×コがいやらしくち×ぽを締めつける！」

いやがる意志とは裏腹な蜜貝の持てなしに、入江はたまらず声を上ずらせた。

「ヒイィン。し、知らない。私、そんなことしてないよう。痛い。いやぁ。もう、やめてエェ……あっあっ、いやあああぁ！」

千花子は右へ左へとかぶりを振り、ポニーテールの髪を振り乱した。美貌が哀れに引きつって、細めた瞳から涙が飛び散る。

だが、それでもやはり、媚肉の反応は痛がる意志とは正反対だった。

カリ首でヒダヒダをかきむしり、ズンズン、ズズンと亀頭を子宮口に食いこませるたび、波打つ動きで蠢動する。根元から鈴口まで、あまさず怒張を甘締めするような、いやらしい動きをくり返す。

（ああ、幸せだ。俺、千花子とセックスしてる！）

男根に覚える疼くような快感が今この瞬間の悦びに、いっそう淫らな拍車をかけた。

愛しい乙女の処女を奪い、そのみずみずしい膣の中で牡茎を抜き差ししていることに、身悶えんばかりの歓喜を覚える。

「はぁはぁ……はぁはぁはぁ……」

「い、いやッ。ああ、やめて……いや、あああ……」

体操服の裾をつかむと、鎖骨まで勢いよくたくしあげた。中から露になったのは純白のブラジャーに包まれた、青い果実そのものの小さなふくらみだ。

甘い汗の熱気とアロマがふわりと鼻面を撫であげる。

「おお、千花子!」

木綿のブラジャーは過度な装飾とは無縁なシンプルなデザインだった。サイズはたぶんAカップ。そんなカップの縁に指を滑りこませるや、体操服につづいてブラジャーを一気に鎖骨までずりあげる。

——プルルンッ!

「きゃあああ。いやあああああ」

「おお、かわいいおっぱい!」

飛び出してきた十四歳の乳房はいかにも蕾然とした、発育途上のふくらみだった。

この身体が子供から少女へと変わりはじめたばかりであることを物語るかのように、控えめな房肉がふっくらと恥ずかしそうに盛りあがっている。

その頂を彩るのは、なんとピンクの乳首と乳輪だ。

西洋人を思わせるセクシーな乳輪が、ほどよい大きさで淫靡な円を描いていた。

白い乳肌からこんもりと一段高く盛りあがっている眺めにも、男の情欲をそそるものがある。そんな乳輪のまん中に、まんまるに張りつめたサクランボのような乳首が鎮座していた。乳首は完全に勃起して、プルプルといやらしく震えている。

「くうぅ、千花子！」

「ああああ」

肉スリコギでゴリゴリと、ぬめる蜜壺を抉りながら、入江はおっぱいをつかんだ。

ふくらみかけた貧乳は柔らかさと強ばりが同居した、早春の趣だった。指を筒にしてムギュリと根元から絞りあげれば、惨めにひしゃげた白い乳がゼリーのように、乳首ごとふにゅりと指からせり出してくる。

……もにゅもにゅ。もにゅもにゅ、もにゅ、もにゅ。

「あああああ。や、やめて。触らないで。いや、いやいやいやあああっ」

「くう、千花子……触られるのはいやか。こんなふうにされるほうがいいか」

「ああああああ」

いやがる悲鳴に煽られるように、片房にはぷんとむしゃぶりついた。めったやたらに舌を動かし、勃起乳首をねろねろとさかんに舌で舐めしゃぶる。

「ヒイィン。ああ、や、やめて……舐めないで。舐めちゃ、いやァァ。ああ、ちょ、ちょっと待って……いやン。こんなことされたら……ああああああっ……」

「こんなことされたらなんなんだ。んっんっ……」

……ピチャピチャ。ねろねろ、ねろん。

「あああ。い、いやだ。待って……待って。待って。ンッハアァァ……」

(おお、この声！)

入江はゾクリと鳥肌を立てた。

千花子の喉からほとばしる声に、またも明らかな変化が起きる。

「あぁ、いやッ……いやン。私ったら……ああ、なに……なに。なに。なにこれ……はあアァ……ンハッ、ハアァァン……」

痛い、痛いと叫んでいたはずなのに、それでも膣をほじくり返され、二つのおっぱいを揉んだり舐めたりされるうち、とうとう千花子の朱唇からは痛みや嫌悪とは種類の異なる艶めかしい声があふれはじめた。

「おお、千花子……いい声だ。感じてきたんだな」

なおもレロレロと乳首を舐めたり、赤子のように夢中になって吸ったりしながら、言葉の刃を突きつけた。

「ヒイイィン」

もう片方の乳房にも不意打ちぎみに吸いついて、同じようにねろねろと舐めたり吸ったりして千花子を煽る。

「ああン。ハアァ、違う……違うゥゥン。いやだ。私……ああ、私……な、なにこれ……いやン。身体が、身体が勝手にイィ……うああ、うあああああ」

千花子の喉からはじけ出す声は、いよいよガチンコな響きを帯びはじめた。

激しく戸惑い、未知の感覚に恐怖を覚えながらも、それらの間隙を縫うように噴き出してくる悪魔さながらの官能に、身体も心も浮き立ちはじめる。

「おお、すごい声。くうぅ、千花子！」

入江は上体を起こし、千花子とひとつにつながったまま体勢を変えた。少女の長い脚をM字開脚させ、柔らかな内腿にギリギリと指を食いこませる。

（血が出てる！）

自然にその目は性器の擦れ合う部分に吸着した。

ブルマを無理やり脇に寄せ、ペニスが秘割れにズッポリと刺さっている。小さな肉穴が野太い雄根のせいでミチミチとひろがり、皮が裂けそうなほどまんまるに突っぱっていた。

そんな牝穴からあふれ出しているのは、目にも鮮やかな破瓜《はか》の血だ。

にじんだ鮮血はペニスにも付着し、とろけた愛液と混じり合って、イチゴのエキスと蜂蜜が混濁したような眺めをさらしている。

「ううっ、千花子……こいつはたまらん。ああ、千花子！」

「うあああ。ああ、やめて。そ、そんなことされたら……ああああ」

残念ながら、入江はもはや我慢の限界だ。どんなにアヌスを窄めても、射精衝動を抑えつけることはこれ以上無理である。

怒濤の勢いで、カリ首を膣ヒダに擦りつけた。

極限までひろがった肉園は、そんなペニスに喜悦するかのような蠕動ぶりでウネウネといやらしく波打つ。亀頭に、棹に吸いついてはキュッといきなり収縮する。

（くおおおっ）

「あああ、なにこれ。いやだ。困る……おかあさん、おかあさあああん！」

おそらく想像もしなかった気持ちよさなのだろう。千花子は両手でシーツをつかみ、狂ったようにかぶりを振って、すがるかのように秋奈を呼ぶ。

恐怖に引きつる可憐な美貌には、凄艶なエロスがにじんでいた。

感じているのだ。とてつもない快感なのだ。

くわっと見開かれた瞳が、明確にそれを証明していた。あんぐりと開かれた大口も今、美少女の肉体に起きている生々しい出来事を物語っている。

きめ細やかな美肌から、玉なす汗がぶわりと噴いて甘い匂いを放った。

「ああっ、あああ、ああ、ああああ」

「千花子……千花子っ！」

恥も外聞もない悶えかただった。つい先ほど処女を喪失したばかりだというのに、早くも千花子は肉砲に狂乱し、淫婦の本性を露にしている。

（た、たまらん。ああ、たまらん！」

「さあイクぞ、千花子。正しいセックスのフィニッシュのしかたを教えてやる！」

「えっ、ええっ、あっあっ、あああああ……た、正しい……終わりかたって……」

「中出しだ。おまえのこの初物エロマ×コに、お父さんのち×ぽ汁を注ぎこんでやる！」

「ええっ……だ、だめ。中はだめええっ」

千花子は入江の宣言を耳にして、ひきつった声をあげた。

「中はだめ。絶対にだめっ。赤ちゃんできちゃう。今日、私……」

「ハッ、そのときはそのときだ！」

「えええっ……きゃあああ」

──パンパンパン！　パンパンパンパンパン！

「うあああ。入江さん、やめてええ。中はだめ。ほんとにだめええっ」

「おお、千花子」

「あっあっあっ。あああああ、いやン。いやンいやン。き、気持ちいいイィ！」

とうとう千花子は「気持ちいい」という本音を叫んだ。

そのとたん、持ち主に同意するかのように、ペニスを食いしめた肉洞が、それまで以上の締まりかたで、何度も波打ってムギュムギュと怒張を絞りこむ。

（ああ、もうだめだ！）

そんなハレンチとしか言いようのない膣の反応に、入江はとうとうラストを迎えた。

陰嚢で煮こまれた精液が、肉の門扉を荒々しく突き破る。

ザーメンが轟々と唸りをあげて、ペニスの芯をせりあがった。着床するのは俺だと競い合うかのように、すべての精子が子宮を求めて灼熱の尿道を加速する。

「あっあっあっ。ハアァン、ハアァァン。か、感じちゃう。なにこれ。嘘。信じられないいい。気持ちいいよう。気持ちいいよう。こんなの知らなかったよおおう」

「ああ、千花子！」

キーンという耳鳴りが一気に音量をあげた。耳鳴りは潮騒《しおさい》の響きに変わり、いつしか頭蓋いっぱいに反響して、ぐわんぐわんと脳髄を揺さぶる。

——グチュグチュグチュ！　ヌヂュヌヂュヌヂュ！

「あああああ、ああああああ」

入江は腰をしゃくった。狂ったようにペニスを抜き差しした。

亀頭とヒダヒダが擦れ合うたび、甘酸っぱさいっぱいの快美感がひらめく。先走り汁が露払いのように、尿口から噴いてべったりと膣ヒダに粘りつく。

糸さえ引きそうな汁音が、性器の擦れ合う部分から響いた。

千花子が「ああああ」と歓喜の声をあげれば、同意するように膣穴も、ペニスを道連れにしてヒクヒクと収縮する。

(イ、イクッ)

「うあああ、うああああああ。ああ、気持ちいい。知らなかった。こんなの知らなかったあああ。でも、中には……中だけはあああ、あっああああああっ」

「おお、千花子、出る……」

「あああああ、だめ。だめだめだめええ。き、気持ちいい。ああああああっ」

……ドクン、ドクン。

ついに入江はめくるめくエクスタシーへと突き抜けた。

ロケット花火にでもなって、天空高く打ちあげられたような気分になる。

なんという爽快感。なんという全能感。背中には翼さえ生えたかのようだ。

入江は意識を白濁させ、ただひたすら何度も陰茎を脈打たせた。

ようやく意識がしっかりしてきたのは、軽く四回か五回ぐらいは雄々しく怒張を脈打たせてからだった。

「はうぅッ……いや……いやあぁぁ……」

見れば、千花子はビクビクと不随意に身体を痙攣させていた。

「はぁはぁ……千花子……」

右へ左へと身をよじり、同時にムギュリ、ムギュムギュとひくつく淫肉で、なおもペニスを締めつける。

「おおお……」

そんな牝洞の持てなしに、またしてもどぴゅっと精子を噴いた。飛び散る精液は我が物顔で、処女を散らした十四歳の密肉を白濁まみれに穢していく。

どうやら千花子もいっしょに達したようだ。

清楚な美貌がぼうっと火照り、細めた瞳の焦点はどこかしっかりと合っていない。

「ああ……だ、だめって言ったのに……入ってくる……入ってきちゃう……ドロドロした……気持ち悪いもの……いっぱい……いっぱい……ハアアァ……」

「おお、千花子──」

「きゃああああああ！」

（えっ）

そのときだった。突然部屋の戸口から、けたたましい悲鳴が響く。

驚いたのは千花子も同様だ。

男根を咥えたとろけ肉が、ヒクンと激しく極太を搾る。

「──あっ」

入江はドアのほうを見て、思わず声をあげた。

秋奈がいた。

入江の妻は両手で口を覆い、両目を見開いてフリーズしている。

「いやあああああっ」

今度の悲鳴は千花子からはじけた。

（最悪だ……）

入江は絶望的な気分のまま、戸口の秋奈を凝視した。

第六章　獣に堕ちた十七歳

1

「げほっ、げほっ、げほほおっ……ああ、入江さん、感じちゃう。あああああっ」

「はぁはぁ……はぁはぁはぁ……」

むちむちした裸身を二つ折りにし、座っている椅子ごとロープで緊縛していた。ダルマのようにした全裸の女をガツガツとハードに犯している。

二十九歳のその女は、梨菜《りな》といった。

マッチングアプリで知り合った、頭も尻もそうとうに軽い人妻だ。

「おお、梨菜……そろそろイクぞッ」

グチョグチョの肉割れに勃起ペニスを突っこんでいた。

入江は獰猛な声でむちむちと肉感的なダルマ女に宣言する。

「はあぁん、入江さん、げほっ、げほっ、げほっ、げほおっ……ああ、おち×ぽ、ズボズボ刺さってる。ああ、気持ちいいッ。気持ちいいのぉ。あああああ」

身体を二つに折られ、窮屈な体位で椅子にくくりつけられた梨菜は、発情肉をかきむしられる悦びに獣の声をあげた。

ビリビリと床にまで響きそうな低音の吠え声を炸裂させ、女に生まれた悦びを誰憚ることなく享受している。

淫らな声で喘ぎながら、げほげほとむせているのは、顔面に催涙スプレーを撒布《さっぷ》されたからだ。そんなふうにサディスティックに扱われることで、めくるめく官能の世界に耽溺できる女だった。

ホテルを使った梨菜との情事は今日でもう五回目。そのつど行為はエスカレートし、ついに女はダルマになった。

「さあ、梨菜、出すぞ。出すからな！」

蹲踞《そんきょ》の姿勢で腰を落としたまま、カクカクと前後に激しく腰をしゃくっていた。

疼く亀頭がヌメヌメした膣ヒダと擦れ、甘い電撃がくり返し、ペニスから脳天に突き抜ける。

「ヒイィ、ヒイィン」

ズンズンと下から突きあげるたび、肉感的な裸身がブルンと肉を震わせた。

縄目からくびり出させた巨乳が震え、乳首の先から入江の唾液が糸を引いて四散する。アクメ間近のダルマ妻は白目を剥いた凄艶な顔つきで、ポルチオ性感帯に亀頭を突き刺される耽美な恍惚に狂乱している。

「ンッヒヒヒィ、げほげほげほっ、ああ、イッちゃう。入江さん、イッちゃうンン。気持ちいいの。もう、だめ。だめだめだめ。ああああっ」

「ああ、出る……」

「うおおおお、おおおおおおおっ」

……ドクン、ドクッ、ドクン。

淫獣と化した梨菜の叫びを耳にしつつ、入江はペニスを爆発させた。

ピューピューと水鉄砲の勢いで精液が飛び散り、美肌を桃色に火照らせたダルマの膣奥をドロドロに穢す。

「ああああ……」

梨菜はいっしょに達していた。ギシギシと椅子の足を不穏に軋ませ、汗ばむ裸身を痙攣させてエクスタシーに酔いしれている。

（いい加減、この女も飽きてきたな）

射精とともにすぐさま理性を取り戻し、入江はいささかげんなりとした。

梨菜は白目を剝き、開いた口から舌まで飛び出させながら、派手な痙攣をくり返す。

決して不細工な女というわけではない。

世間的にいえば、むしろ極上の部類に入るだろう。

だが、こんな女といくらセックスをしたところで真の満足感は得られないと、改めて入江は思っていた。

「はうう……入江さん……気持ちいい……はあぁ……」

そんな入江の本音も知らず、梨菜はなおもとろけきっている。何度も何度も裸身を震わせ、アクメの名残にどっぷりと溺れていた。

「じゃあ、また」

「ああ、気をつけてな」

「入江さんもね。ンフフ……」

ホテルを出てしばらく歩いたところで、二人は手を振って別々になった。

ついさっきまで、二目と見られぬすごい姿で喘いでいたことなどそぶりにも見せず、梨菜はセクシーに尻を振り、通りをみるみる遠ざかっていく。

「ふう……」

そんな人妻の後ろ姿を見送ると、入江はため息をついて歩きはじめた。

車を停《と》めたコインパーキングはすぐそこにあったが、とりあえず遅めの昼飯でも食べていこうと駅前の繁華街に向かうことにする。

「暑い……」

顔をしかめ、空を見あげた。

梅雨も開けた七月半ばの空は抜けるように青い。いよいよ本格的な夏がはじまったことを物語る、力強い入道雲も湧いていた。

ちょっと歩いただけで、背筋に汗が噴き出した。

入江は不快感を覚えながらも、ホテル街の路地を大通りに向かう。女を責めるための小道具一式をしのばせたデイパックをよっこらせと背負い直した。

「…………」

狭い通りの左右に、薄汚れた建物がひしめき合っていた。

入江はうつむきがちになり、ムシムシと暑い通りを歩く。

いつもできるだけ、ほかのことを考えて生きるようにしていた。

だが、今みたいにどこかの女と爛れた行為にふけってしまうと、どうしようもなく一人の少女の面影が蘇る。

「千花子……」

ついボソリと愛しい少女の名をつぶやいた。

その顔を見ることができなくなって早四年近く。千花子はあと三カ月もしたら、もう十八歳である。

入江は秋奈と別れ、むなしい毎日を過ごしていた。

秋奈のことなどに未練はこれっぽっちもないが、千花子を失ったのは痛かった。

秋奈が社長と浮気をしに出かけたのをいいことに、とうとう千花子に牙を剝いたあの日、秋奈は思いがけず、とんでもない時間に戻ってきた。

あとでわかったことだったが、社長と喧嘩になってしまい、どうにも時間を持てあましてそそくさと帰宅したのである。

そんな秋奈が目にしたのは、実の娘が自分の夫に中出し射精をされている、とんでもない現場だった。

錯乱し、怒りに震えた新妻が娘を連れて家を飛び出したのは、当然の成り行きだった。

入江は秋奈と離婚し、またも一人で生家に暮らすようになった。

「おっ？」

ふと足を止める。一匹の黒猫がどこからともなく現れ、通りを横切りながら入江を見た。

「黒猫……」

すぐさま思い出されるのは、千花子がベッドに置いていたかわいい黒猫のぬいぐるみだ。そのせいで、よけい強烈に心が少女に飛び、いっそうむなしさに打ち震える。

黒猫は通りを横切って、別の路地へと入っていった。

入江はつい、そんな黒猫のあとを追い、方向を変えて歩いていく。

千花子は元気にしているだろうか――胸を締めつけられる思いで、またも千花子を思った。

だが、彼の脳裏にある美貌もすでに四年近くも過去のものだと思うと、気分はどんよりと重くなる。

今の千花子はセブンティーン。まさに思春期まっさかりの年頃だ。

どんな娘に成長したのだろう。

あのとびきりの侵しがたい美貌には、四年の歳月とともに、ますます磨きがかかったろうか。

どんな髪型にしているのだろう。どんな高校に進学し、どんな制服を着て学校に行っているのだろう。

その体つきはどんなだろう。どんな物腰でしゃべるようになったのか。どんな顔で笑うのか。

そして——どんなふうに淫乱な身体と日ごと向き合っているのだろう。

秋奈は入江と別れると、それからほどなく勤めていた会社にも辞表を提出した。買い与えたスマホも、心機一転とばかりにすぐ別のものを新調したらしく、母親も娘も、せっかくしこんだスパイアプリは用をなさなくなってしまった。

だから今、二人がどこでどうしているのか、入江にはまったくわからない。行方を追いかけたこともあったが、結局たどり着けないまま、泣く泣くあきらめたのだった。

「あっ……」

やがて黒猫は「いつまでもついてくんじゃねえ」とばかりに、どこぞの民家の敷地へと駆けこんだ。

「ふっ」

入江は苦笑する。

足を速めると人通りの多い、大通りへとようやく抜けた。

駅前の繁華街は通りを右に曲がって進むとあった。入江は角を曲がり、大通りを歩きはじめる。

「ウフフ。いやだ、亮樹先輩……」

そのときだった。

入江は背後に女の声を聞いた。

(——っ。亮樹先輩?)

その名前に聞き覚えがあった。

待てよ、と思う。

ちょっとだけ低くなった気もするが、自分はこの声にも聞き覚えがある。

「……っ」

おそるおそる背後を振り返った。

(——あっ)

思わず声をあげそうになる。

駅前から離れていくかたちで、歩道に二つの人影があった。

そして――。

（ち、千花子！）

雷に打たれでもしたかのような衝撃を覚えた。

（千花子……千花子だろっ）

入江は確信する。にこやかに隣の男と肩を寄せる少女は千花子に間違いない。

まさかすぐ後ろに、二度と思い出したくもないだろう男がいるとも思わずに、千花子は通りを歩いていく。

（おおっ……おおおおっ……）

入江はビリビリと全身を痺れさせた。腑抜けのようになっていた。

天にも昇る思いだ。唇を半開きにして震わせながら、ゆっくりと遠ざかっていく千花子を見る。

女子校のセーラー服姿だった。たしか、この制服はこの街一番の名門女子校に通う少女たちが着るものだったはずである。

白いセーラー服に、濃紺のセーラー襟。襟と同色のリボンタイが千花子が歩くたびにヒラヒラと揺れている。

穿いているのは、セーラー襟と同色のプリーツスカートだ。

その丈は「おいおい！」と声をあげたくなるほど短く、太腿どころかパンティまで見えてしまいそうなほどである。

（千花子、おおおっ……）

うっとりと千花子を見つめて立ちつくした。十七歳の少女ざかりを迎えた千花子は敬虔ささえ覚えるほど、さらに美しい娘になっていた。

かつてはいつもポニーテールだったロングの黒髪を肩のあたりで切りそろえている。トレードマークだったあどけなさが影を潜め、大人の女へと本格的に開花しつつある女子高生ならではのみずみずしいエロスが横溢していた。

高級陶器を思わせる楚々とした美貌は近寄りがたいほどである。

入江に見ることのできるのは横顔だけだったが、雛人形を彷彿とさせる和風の面ざしには大和撫子ならではの凜としたものがあった。

長い睫毛が涼やかな瞳を彩っている。

すらりと鼻筋が通り、清楚な美貌に高貴なたたずまいを付与していた。

相変わらず、その朱唇はぽってりと肉厚だ。ピンクの唇がプルプルと震え、食べ頃のサクランボのように輝いている。

にこっと笑うと粒ぞろいの歯がパッと白い花を咲かせた。楽しそうに細まる目もとにも、ゾクッと来るような官能味が感じられる。

烏の濡れ羽色をした髪の先がふわり、ふわりと軽やかに舞った。

もう少しでパンティの見えそうなスカートの裾も髪に負けじとヒラヒラと翻る。

(ずいぶん大人になった……しかも……相変わらずのこのスタイル!)

鼻の下を伸ばして、入江は千花子の容姿に見とれる。

身長は五、六センチは伸びている気がした。だいたい百六十か百六十一センチというところではないだろうか。

すらりと伸びやかなスタイルのよさをキープしたまま成長していた。

その美しさとスタイルをもってすれば、ハイティーンの少女たちをターゲットにした雑誌の読者モデルなど簡単に務まってしまいそうな存在感とオーラである。

惚れぼれするほど長い脚には、あの頃よりもいくぶん肉と脂が乗っていた。思春期の少女ならではの、健康的なお色気が感じられる。

そんな絶妙な形と量感を持つ美脚の先は、膝下まで届く紺のハイソックスと、焦げ茶色のローファーに包まれていた。

そのうえ——。

（うおおっ、あ、あのチチ！）

入江はさらにビリビリと全身を痺れさせた。

ようやく気づいた美少女の胸もとは、離れて暮らした年月の長さを思い知らされるには十分な変わりようである。

母親譲りのダイナミックさを感じさせる大きめな乳房が、セーラー服の胸もとを窮屈そうに突っぱらせていた。

入江の見たてではFカップ、八十五センチほどはある。しかも、まだまだ大きくなってもおかしくはない発育途上の豊乳だ。

青い果実さながらだった、かつての乳房を知る入江には、まさに感無量。好色熟女である母親の遺伝子は、こんなところでも娘に影響を与えていた。

「あいつ……亮樹か？」

入江の関心は千花子と並んで歩く背の高い青年にようやく移った。

亮樹の姿はあの千花子とのデートの日に一度見ただけであったが、ずいぶん身長が伸びていた。

おそらく百八十センチはあるのではないか。すらりと細身で、楽しそうに笑う横顔はいかにも今どきの若者らしいさわやかさを感じさせる。

当時もそれなりにかわいいイケメン少年だった。

だが、四年近くの歳月が亮樹をガキから頼もしそうな好青年に変え、千花子と二人で歩いていても、ちっとも彼女に見劣りしない。

「たしか、もう大学生になってるはずだよな。くそっ、もしかして、あれからもずっと千花子とつきあっていたのか……」

入江の胸底に、みるみるどす黒いジェラシーの塊がこみあげてきた。

これから二人でどこへ行こうとしているのかと考えると、興味と妬心が渦を巻き、とても昼飯どころではなくなってくる。

あれほど必死になって捜しても杳《よう》として消息はわからなかったのに、こんなふうにバッタリと見つけられたことに運命的なものを感じた。

(逃がすものか)

久しぶりにメラメラとたぎるものが身体の中で熱くなった。

入江は千花子をロックオンして、気づかれないよう慎重に距離をあけ、獲物を追いかける狼となった。

千花子は片手に学生鞄を、そしてもう片方の手にはケーキでも入っているかのような、小さな箱を提げていた。

「ククク。いよいよ連れこんだか、亮樹……」

2

入江がニンマリと口角を吊りあげたのは、それから一時間半ほどのちのことだった。亮樹が見あげているのは平成どころか昭和の名残すら漂わせるおんぼろアパート。亮樹がシングルマザーの母親と暮らす、母子二人の住居だった。

たった今、亮樹は恥じらう千花子を連れ、二階の廊下の奥にある部屋へと入っていったところだ。

もちろん今、そこに亮樹の母親はいない。会社勤めをする彼女が帰ってくるまでには、まだたっぷりと余裕がある。

亮樹はそれをいいことに、これから千花子と熱烈に乳くり合おうとしているのだ。

「それにしても、すごいタイミングで会えたもんだな、俺も」

ぼろアパートを見あげ、入江はくつくつと笑った。

寂れた二階建てアパートは、少し大きな地震でも来たら苦もなく倒壊してしまうのではないかと思わせる老朽ぶりである。

本来なら、千花子はこんなひどいところで裸になっていい女ではない。だが、こうしたミスマッチな取り合わせにも、入江はなんだかゾクゾクとした。

こんなおんぼろな家だから逆に、千花子の侵しがたい高貴な身体を蹂躙するには、またとない淫靡なステージの気もする。

「俺にはやっぱり、神様がついているようだ」

大袈裟ではなく、入江はそう確信した。そうでなければこんな日に、千花子にバッタリと出会えるはずがない。

なにしろ少女は今から、はじめて亮樹に身体を許そうとしていた。

つまり——まだ、千花子と亮樹は肉体的には結ばれていなかったのだ。

入江はそのことをここへといたる短時間に知った。

二人を尾行した彼は、やがて千花子がためらい出し、それ以上先に進むのを拒む現場に出くわした。

亮樹がそんな千花子を誘ったのは、遊具などの設備がある小さな公園だ。

公園と歩道の間には、目隠しの植栽やフェンスがあった。公園に入った亮樹は、フェンス近くのベンチに千花子をうながして座ると、必死に彼女を説得した。

入江は何食わぬ顔をして、歩道側のフェンスぎわにたたずんだ。そしてボソボソと聞こえてくる二人の話を盗み聞きしたというわけである。

千花子と亮樹は彼の家へと向かっている途中だった。

今日は亮樹の誕生日。そんなメモリアルな日を一生の思い出にさせてほしいと、亮樹は恥じらう美少女にその肉体を求めたのであった。

千花子は悩んだすえに覚悟を決め、愛しい青年に操《みさお》を捧げるため、仮病を使って学校を早退した。しかし、亮樹の家がいよいよ近づいてくるにつれ、戸惑いが強くなってきたらしい。

亮樹はそんな恋人を必死になって説得した。

ありていに言えば「お願い。ヤラせて。もう、我慢できないんだ」と恥も外聞もなく懇願し、なんとか家に誘おうとしたのだった。

「高校生になるまで待ってくれって言ってたのに、まだエッチをさせてなかったか。ククク。まあ無理もないよな、千花子……」

千花子の心中を慮り、入江は股間を熱くした。

なにしろ千花子は入江との初セックスで、自分の肉体には悪魔がいることを思い知らされてしまったのだ。

そして、その悪魔はコントロールなどとてもできない、人生すら狂わせてしまう恐ろしいものであることも理解したのであろう。

だから、愛しい相手に自分を捧げる行為には、言うに言えない恐怖があったのではないだろうか。

愛する亮樹の眼前で彼を幻滅させかねない、とんでもない自分をさらしてしまうかもしれないことに、千花子は心から怯え、彼とのセックスをついつい一日延ばしにしてきた可能性がある。

「……面白い。こんなタイミングで再会させてくれたことを感謝しますよ、神様」

天を仰いでニヤリと笑い、入江はいよいよ行動を開始した。

背負っていたデイパックのファスナーを開け、あるものを取り出す。

催涙スプレーの携行缶。さっきまでダルマ姿にさせて犯した梨菜を相手に使用していたものだ。

噴射ボタンに指の腹を当ててスタンバイした。

鉄錆だらけの階段をそっとあがる。

一階に三室、二階にも三室しかない小さなアパート。亮樹たち親子の部屋は、二階の最奥部にあった。

（さあ……やってやるぞ、千花子！）

心で千花子に宣戦布告をする。

心臓が激しく脈打った。

早くも股間は期待と興奮でもっこりとふくらみ出している。

ついさっきダルマ女に精を放ったばかりだというのに、入江のペニスはもう長いこと禁欲をつづけてきたかのように勃起していた。

いや、本当に禁欲生活だったのだと入江は思う。

ほかの女はしょせん身がわりにすらならなかったのだ。

彼のペニスは千花子という、この世で最高の少女の膣でしか真のエクスタシーは得られないようになってしまっていたのである。

入江は二階を奥まで来た。

ボロボロの扉の横に安っぽい呼び鈴がついている。

ドキドキしながらそれを押した。部屋の中でチャイムの鳴る音が聞こえる。

「……はい」

待つことしばし。いかにも迷惑そうな亮樹の声がドアの向こうでした。

「あっ、宅配便です」

古い木の扉にはドアスコープさえない。快活さを装った入江の挨拶に苦もなく騙され、ドアチェーンとロックのはずれる音がする。

……ガチャリ。

軋んだ音を立て、ドアが開いた。

「……えっ」

亮樹が入江を見て眉をひそめる。

宅配便のドライバーなら会社の制服を着ているはず。それなのに、そこにいたのは私服姿の中年男なのだから、怪訝そうになるのも無理はない。

「お届け物です！」

入江はそう叫ぶと、亮樹の前にスプレー缶を突き出した。噴射ボタンを押し、派手な撒布音とともに、催涙スプレーを噴射させる。

「ぎゃあああああ」

亮樹はひとたまりもなかった。

両手で顔を覆い、断末魔のような悲鳴をあげてよろよろとあとずさる。

そんな青年を突き飛ばした。

三和土に飛びこむ。ドアを閉め、内鍵をかけ、ついでにチェーンももとに戻した。

「うあ……うああ……」

「うあ、うああじゃねえ。おらっ」

「ぶほおおおっ」

よろめく亮樹に渾身の腹パンチをお見舞いした。亮樹は不様な声をあげ、身体を二つに折って苦悶する。

狭い玄関スペースがあり、そこからすぐにリビング兼用らしい台所がつづいていた。その奥に二つ並んで部屋がある。

ひとつはぴたりと襖が閉じられていた。こちらが母親の私室だろうか。

もうひとつの部屋は襖が開いていた。亮樹の勉強部屋だろう。彼のものらしいベッドが開いた襖ごしにチラッと見える。

慌てた千花子がなにごとかと、リビングに駆け寄る音がした。

「……えっ」

セーラー服姿の千花子が部屋の戸口から飛び出した。

入江を見るなり、愕然としてフリーズする。

「ククク。久しぶりだな、千花子」

苦悶する亮樹を床に転がしながら入江は笑った。

「えっ……えっ」

思いも寄らない展開。思いも寄らない闖入者《ちんにゅうしゃ》。千花子の美貌にショックが浮かぶ。目の前の現実が信じられないとでもいうかのように「えっ、えっ」と何度も声を上ずらせる。

「ずいぶん大きくなったじゃないか。でも、すぐにおまえだとわかったぞ、千花子。おら、おとなしくしろ！」

入江は亮樹の股間に手をやると、その下半身からブルーのデニムを下着ごとズルリと脱がせた。

「げほっ、げほっ、げほっ……だ、誰だ、あんた。ああ、目が、目が……」

「亮樹先輩!?」

催涙スプレーのせいで亮樹は激しくむせ、容易に開かない両目にパニックになる。露にさせられた股間では野太い巨根が萎《しな》びた明太子のように力なく揺れていた。そんな亮樹にのしかかり、入江はデイパックからロープを取り出す。

「ああ、やめろ……げほっ、げほっ、げほっ……」

「ちょ、ちょっと……」

亮樹の手をギリギリと後ろ手に縛った。足首もひとつにくって簀巻《すまき》にし、身動き取れない状態にする。まさかドMな女たちを相手につちかいつづけたテクニックがこんなかたちで役に立つとは思わなかった。

「ちょっと、なにするんですか」

千花子がうろたえ、引きつった声で入江をなじる。

その顔は恐怖のあまり無残なまでに引きつって、一気に血の気が引いている。

「なにって……これぐらいしとかないと、いいところで邪魔されちまうだろ」

亮樹を無力な芋虫に貶め終えた入江は、ギロリと千花子を見た。

「な、なんですって……」

「ククク」

こうして見ると、やはりその美貌はため息が出るほど神々しい。

かつては健康的に日焼けしていたが、年頃となった今は紫外線にも気を使っているのか。もともと色白だったきめ細やかな美肌は抜けるような白さと透明感に富んでいた。潤いともっちり感を見せつける思春期ならではのプルプル肌が、和風の美貌をいっそう上品なものに感じさせる。

「だ、だいたい……どうしてあなたがこんなところにいるの」

「俺もビックリだよ、クク」

千花子に怒鳴られ、淫靡な笑い声をあげた。

ゆらりと立ちあがる。そんな彼の動きに合わせて視線を移動させ、千花子は「ううっ」と緊張感を漲らせた。

「やっぱり俺たち、運命の赤い糸で結ばれてるんだよ、千花子」

「ふざけたこと言わないで。ちょ、ちょっと、亮樹先輩の縄、解いてください！」

ほくそ笑む入江に、千花子は硬い声で叫んだ。

芋虫にさせられ、開かない目をさかんに気にして「うーうー」とうめく亮樹のことを心配そうに何度も見る。

「亮樹先輩!?」

「そんなにこいつが好きか。おい、あれからもずっとつきあってたのか」

「そ、そんなことどうでもいいでしょ。あんたには関係ないじゃない！」

「あんた……『あんた』だと！」

怒気を露にしてなじる千花子を入江は低い声で威嚇した。そうしたかつての継父の態度に、千花子は「ひっ」と息を呑む。

「いくらなんでも『あんた』はないだろう、千花子。一度は『お父さん』と呼んだこともある男だぞ。あの日はあんなに甘えてたじゃないか」

「や、やめて……」

「なんだって……げほっ、げほっ」

なおも激しくむせながら、亮樹が必死に目を開けようとしていた。自由を奪われた身体を蠢かせ、愕然とした顔つきで入江を見あげる。

「そ、それじゃ……それじゃ、おまえが千花子の――」

「……どこまで知ってるんだ、こいつは！」

「――ぶっほおおおっ」

惨めな芋虫の腹をサッカーボールのように蹴りあげた。亮樹は身体を二つに折り、悶絶しそうになりながら七転八倒する。

「きゃあぁ。やめてええっ」

千花子は美貌を引きつらせ、髪を乱してかぶりを振った。反射的に亮樹に駆け寄り、そんな自分を慌てて止める。亮樹のそばには入江がいた。

「聞いてるんだ、千花子。こいつはどこまで知っている」

「ど、どこまでって……千花子のお母さんにひどいことしたんだろ、このＤＶ野郎が。げほっ、げほっ」

千花子のかわりに亮樹が答えた。苦しげに悶えつつ、怒りに任せて入江を罵倒する。

「はあ?」

入江はこれ見よがしな声をあげた。首を傾《かし》げて千花子を見る。

「ははあ、なるほど。こいつにはそういう説明をしていたのか」

揶揄する口調で言った。千花子は思わずあとずさる。

「そ、そんなこといいでしょ、どうでも!」

そして柳眉を八の字にして、必死な形相で入江に言い返す。

「いいや、よくないな。愛する相手には、ちゃんと正確な情報を与えてやらないと」

そんな美少女に、ねっとりとした調子で入江は言った。

今にも舌なめずりせんばかりの心境になる。

そんな入江に、ますます不気味さを覚えたか。千花子は「ううっ」と小さくうめき、チラチラと玄関ドアに視線をやった。

逃げなくてはと、衝きあげられる心境で思っていることだろう。

「ど、どういうことだ。げほっげほっ」

二人の会話に不審なものを覚えたらしい。亮樹が語気荒く入江に聞いてくる。

「――ひいい、亮樹先輩、いいの。なんでもないの!」

千花子はそうした亮樹の問いに、いちだんとパニックになった。そして入江はといえば、ペニスを完全におっ勃てて、猛烈に興奮している。

「クク。教えてやるよ、亮樹。どうして俺がこいつの母親と別れることになったか。それはな——」

「……えっ」

「やめて。やめてええっ」

「俺がこいつに……こういうことをしたからさ！」

「ヒイィ」

とうとう入江は千花子に牙を剝いた。獲物に襲いかかる肉食獣さながらに、セーラー服姿の美少女に躍りかかる。

千花子はそんな入江から逃げようと、玄関ドアのほうに駆け出した。

しかし、入江の俊敏さが千花子を上まわる。

「きゃあああ」

逃げようとする少女の肢体に抱きついた。いやがって暴れる千花子を強引に勉強部屋に連れこもうとする。

3

「ちょ……放して。放してって言ってるの。いやッ……いやあああッ」

入江の拘束から逃れようと、千花子は懸命に四肢をばたつかせた。

だがどんなに暴れても、もはや無駄な抵抗なのだ。

蟻地獄へ嵌まった蟻は、もがけばもがくほどズブズブと深みに嵌まるしかないのである。

襖の開け放たれていた畳敷きの部屋は、やはり亮樹のプライベートルームのようだ。

ノートPCの置かれた勉強机に小さな本棚。千花子を連れこむことを想定していたか。ベッドはこぎれいに調えられ、部屋全体にしっかりと掃除の行き届いた清潔感が満ちている。

「きゃあああ」

入江は千花子を亮樹のベッドに突き飛ばした。

千花子は勢いよくベッドに突っ伏す。

制服のミニスカートがめくれあがった。清純な白いパンティが露になる。

「き、きさま……なにするんだ、おい」

簀巻にされた青年が、芋虫さながらに身をくねらせて部屋の中に入ってくる。股間ではまる出しになった陰茎が、ブラリ、ブラブラと滑稽に揺れていた。

「クク。わかったか、亮樹。俺が千花子と母親に出ていかれたのは、俺がこいつにこういうことをしたからさ」

「な、なんだって」

入江は千花子につづいてベッドにあがった。マットレスに突っ伏した千花子の腰をつかみ、強引に四つん這いの格好にさせる。

「ひいい。や、やめて……やめてって言ってるの！」

「千花子、このオッサンが言ってることとって……」

「ち、違う。こんな人の言うこと、信用しないで。嘘つきなの。この人、平気でひどい嘘を――」

「嘘つきなのはどっちだ」

言うに事欠いて、嘘つき呼ばわりされては黙っていられない。

パンティを覆いそうになった濃紺のスカートを腰の上までたくしあげた。再び純白の小さな下着が入江の視線にさらされる。

入江は少女の尻をつかんで動けなくさせた。いきなり舌を飛び出させる。クロッチごしに陰核を容赦なくねろりと舐めあげた。

「きゃあああああ」

そのとたん、千花子は早くも淫らな獣の片鱗をのぞかせた。楚々とした美しさを持つ少女とも思えない、本気の悲鳴をけたたましくあげる。

百万ボルトの電圧に身体を貫かれでもしたかのようだ。はじかれたようにベッドに吹っ飛び、またしてもマットレスに頭から突っ伏す。

「――ええっ、千花子……」

そんな千花子を信じられないものでも見るように畳の床から亮樹が見た。催涙スプレーの後遺症で、なおも目からはボロボロと大量の涙があふれている。

「はうう……ち、違う……違うの、先輩……これは――」

「クク。相変わらずエロい身体だな、千花子。というか、あのころよりもよけい感度がよくなってるんじゃないか」

入江は興奮のあまり、背筋にゾクゾクと鳥肌を駆けあがらせた。千花子に手を伸ばす。うつ伏せになった華奢な肢体をゴロリと反転させ、仰向けにした。

「い、いやッ。きゃあ……」

千花子は慌てて上体を起こそうとする。

しかし、入江はそんな少女の鎖骨を押し、強引にベッドに仰臥させた。

「ひいい。や、やめて。やめて。やめてっ。きゃあああ……」

暴れる両脚を無理やりひろげ、今日もまた品のないガニ股姿にさせる。

まだ中学生だった千花子と目の前の美しい女子高生が入江の中でシンクロし、過去と現在がひとつにつながる。

「や、やめろ、オッサン。なにしてるんだ、ごるぅあ！」

ペニスまる出しの芋虫が、必死に身体を揺さぶって入江に怒鳴った。入江はそんな亮樹に「ククク」と笑い、酷薄な声で宣告する。

「見りゃわかるだろう。亮樹、おまえがようやく自分のものにできると浮かれていた女が、じつはとっくに俺のお手つき女だったってことをおまえに思い知らせてやる」

「な、なんだって！」

「ヒイィ、やめて。やめてって言ってるでしょ。いやだ。放して……あんたなんか、もう父親でもなんでも——」

「ああ、父親でもなんでもない。ていうか、おまえにとっては最初から父親でもなんでもなかったよな」

パニックになって、千花子はバタバタと激しく暴れた。

清楚で可憐な美貌を持つ、まがうことなきS級少女、そんな乙女を下品なガニ股姿に貶めることは、やはり胸のすくような快感だった。

純白のパンティのクロッチがふっくらと、淫靡なまるみを見せつける。

この下に少女が隠し持つ羞恥と快楽の源泉は、四年近くの歳月を経て、どれだけ淫らな成長を遂げただろう。母親譲りの痴女の血を引くこの娘は、破瓜を散らしたあの日以来、どうやっていやらしい自分と折り合いをつけ、好色な本能と戦いながら歳を重ねてきたのだろう。

「えっ……ええっ」

入江の言葉に、千花子は美貌を強ばらせた。穢らわしいものでも見るかのように眉間に皺を寄せ、険しい目つきで入江を見あげる。

「たしかに、俺はおまえの父親にはなれなかった。しかし、そんなことはもうどうでもいい」

そう言うと、入江はギロリと千花子をにらんだ。

この美少女を徹底的にむしりきってやると思うと、スラックスの厚い布を今にも亀頭が突き破り、雄々しく飛び出してきそうである。

「あの……」

「父親になんかなれなくたって痛くもかゆくもない。なにしろ千花子、俺はおまえの、はじめての男になれたんだからな！」

興奮した声で入江は叫んだ。あのころより白さとむちむち感の増した内腿に、ギリギリと浅黒い指を食いこませる。

オアシスに顔を突っこむ砂漠の放浪者のようだった。またしても舌を突き出すや、こんもりと盛りあがるクロッチごしに、少女の牝芽をねろんと舐める。

「きゃあああぁ」

千花子はもうたまらない。またしてもビクンと痙攣してバウンドする。

「うおお、千花子……やめろ、オッサン。やめろおおおっ」

「そうだ。どうしてこんなことをするのか、もうひとつ理由があった」

千花子の股間から顔をあげ、しれっとした調子で入江は言った。亮樹が「えっ」と表情を引きつらせて入江を見あげる。

「それはな、おまえがち×ぽを挿れて気持ちよくなろうとしてたこの女……じつはメチャメチャ淫乱な、どうしようもない痴女だってことをおまえに教えたかったのさ」

入江は鼻息を荒げると、いよいよ怒濤の勢いで千花子の陰部にクンニした。

「んっんっんっ！」

「きゃあああ。やめて、ばか。舐めないで。舐めるなあああ！」

「クク。自分が淫乱女だってことが、こいつにばれちまうからか。んっ……」

……ピチャピチャ。レロン。

「きゃひいいぃ。ち、違う……違うって言ってるのおお。ああ、やめ――」

……レロン、レロン。

「ヒイイィ、ヒイイイィ」

「うおお……千花子……やめろ、オッサン。いやがってるじゃないか。やめろ……やめろおおおおおっ」

「クククク。いやがってるように見えるか、亮樹。おまえの目は節穴だな。もっとよく見ろ。んっ……」

「ンヒイイィ、や、やめて、ばか。お願い。やめてぇ。ムブゥゥ……」

パンティごしにねろねろと、感じる部分に舌を擦りつけた。

千花子は亮樹の手前、必死に自分を押さえつけようとする。慌てて両手を口に当てた。あふれ出す声をグイグイと、喉奥深くまで戻そうとする。

しかし、彼女の肉体には悪魔がいた。

悪魔とは、意志の力で押さえこめるようなものではないから悪魔なのである。

「クク……わかってるぞ、千花子。もう、直接舐めてもらいたくなってきただろう」

真綿で首を絞めつけられでもするような、息苦しい気分が高まっていた。

入江は伸ばした太い指をパンティのクロッチに引っかける。

「ああ、や、やめて……ひゃあああ……」

クイッと横に前布をずらした。そのとたん、温室に入ったときに感じるような、湿った熱気が入江の顔面をむわんと撫でる。

「おおっ、ずいぶんマン毛も生えたな。それに……ああ、このエロマ×コ!」

「ひいぃ、いやッ。見ないで……見ないで、ばかああっ」

露にさせた聖裂の眺めに入江は歓喜し、千花子は恥じらって身をよじる。

身長の伸びや肉づきの変化と同様、千花子の陰部も間違いなく、淫靡な成長を感じさせた。

なによりも目を引くのは、ヴィーナスの丘にもっさりと生え茂る、思いのほか剛毛な陰毛密林のいやらしさだ。

縮れた黒い毛がチリチリと毛先をからめ合い、逆三角状にびっしりと生えていた。

高校生ともなれば、しっかりと手入れにいそしむ娘だって少なくないはずなのに、自然に任せて剛毛少女に甘んじる千花子にむしろ入江は好感を持つ。

手入れなど、この先いくつになっても、したいときにすぐできる。だが、こんなふうに自然のまま陰毛の処理もしていないウブな季節は今このときだけなのだ。

気品すら感じさせる千花子の美貌と、生々しさの匂い立つ生え放題の剛毛のギャップに、入江は悶え死にしそうなほど激しく昂った。

股間のペニスがジンジンと疼く。

しかも、陰毛に連なる十七歳の女陰もまた、中学時代とは明らかに異なる大人びた卑猥さを示していた。

大福餅のようにこんもりとした大陰唇から、殼から飛び出す貝肉のように、ピンクのビラビラが艶めかしく突き出している。

みずみずしい蜜肉は、すでにねっとりと妖しくとろけていた。肉溝のあわいがしどけなく開き、泡立つ濃厚な愛蜜が豊潤な分泌をはじめている。

「い、いやッ……なに、見てるの、ばか。放して……もう、放してぇえっ」

歓喜の心地でうっとりと鑑賞すれば、ジロジロとあからさまな入江の視姦に美少女は耐えかねたように尻を振った。

入江は千花子の本気の反撃に抗し、ジューシーな内腿にググッと深く浅黒い指を食いこませる。

「クク、心にもないことを。こうだろ、千花子。おまえ、こうされると死ぬほどいいんだよなッ」

そう言うが早いか、ぬめる媚肉にねろんと舌を擦りつける。

「あああああ」

「うおお、千花子……やめろ、やめろおお……！」

直接秘割れを舐めあやされる衝撃は、パンティごしなどとは強さが違った。千花子はビクンと肢体を痙攣させ、獣の声をはじけさせる。

「おお、千花子、気持ちよさそうだな。嘘をついても無駄だぞ。ここを、うり……うり……こんなふうにされると……」

……レロン。レロレロ。

「ヒイィ。ヒイィ。ンムブゥ」

自分の喉からはじけてしまうあられもない声に、千花子は激しく動転した。もう一度両手で口を覆う。そして、ギュッと両目を強くつぶった。

一度は血色をなくした美貌に、凄艶な朱色が濃くなってくる。

入江はたまらなくいい気分で、ずいぶん久しぶりな千花子の淫肉を心の趣くまま、ねろん、ねろんと舐めしゃぶる。

「むぅう、ンムブゥ……ああ、いやッ……舐めないで……舐めないでって言ってるのおおっ。ンムブゥ……ンンンゥ」

千花子はもうパニックだ。

感じる部分を舌でねろんと舐めあげられるたび、ビクン、ビクンと身体を震わせ、いやらしくヒップを跳ねあげる。

意志とは裏腹な好色ボディはくねる舌先に嬉々となった。

ネチョネチョと、肉泥濘に舌を擦りつけられるたび、何度も肉ビラをひくつかせては、小さな膣穴からブチュブチュと、さらなる愛液を分泌させる。

「ンムブゥ……ムンゥ、ムンゥゥ……ああ、やめで……やめでえええええっ」

「ああ、やめろ……もう、やめてくれえええっ」

哀れな寝取られ男と化した亮樹が、悲痛な叫び声をあげた。

自由を剝奪された芋虫な身体を泣き叫ぶ駄々っ子さながらに暴れさせる。

「ククク。うまいぞ、亮樹。千花子のマ×コ汁の味はやっぱり格別濃厚だ」

入江は亮樹を言葉の刃で嬲った。

「ヒイィ、やめて……そんなこと、言わないで！」

「う、嘘だ。千花子はそんな女じゃない。千花子はこんなことされてアソコを濡らすようないやらしい女じゃ──」

「はあ？　ヌッチョヌチョに濡らしまくってきてんだから、しかたねぇだろうが」

「きゃああ。ちょ……なに。なに。なに。なに!?」

入江は亮樹をさらなる地獄に突き落とそうとした。千花子の股間から舌を離す。すばやくベッドからおりた。

「きゃあああああ」

ぐったりと視姦した美少女の肢体を抱き起こすと、背後から千花子の両脚を掬いあげる。幼い子供に小便でもさせるような、身も蓋もないポーズにさせた。

4

「いやああっ。放して。放してえええっ。ヒイイィ──」

千花子はパニックになり、バタバタと両脚を暴れさせた。

そんな美少女を排泄ポーズの体勢で抱きかかえたまま、入江はズンズンと部屋を進み、亮樹の前まで接近する。

「おら、見ろ、亮樹。今日おまえがち×ぽを挿れて気持ちよくなろうと思った、千花子のマ×コの穴だ」

「ヒイィィ、いやあああぁっ」

「うおおお……千花子っ……」

腰を落として脚を踏んばり、畳に転がる亮樹の眼前に、千花子の股間が肉薄するようにした。

目と鼻の先に、なにひとつ遮るもののない状態でクローズアップされた愛しい少女の肉園に、亮樹は目を剝き、食い入るように凝視する。

「いやああ、見ないで先輩。いやだ。いやだいやだ。見ちゃいやあああっ」

「おお、千花子。あああ」

……ブチュブチュ、ブチュ、ブチュ。

「ヒイィィ」

「うあああ、千花子……オマ×コから、し、汁が……」

「いやあああ。いやあああああ」

やはりこの少女は痴女なのだと、痺れる心地で入江は思う。

剝き出しの粘膜湿地を恋人の目にさらす痛苦は嘘でもなんでもないはずだ。

だが、そうであるにもかかわらず、千花子の身体は被虐のＤＮＡを沸騰させる。昂揚感に打ち震え、愛しい男に視姦される恥裂から、果汁のように甘酸っぱい、いけない汁を品のない音を立てて搾り出す。

「わかったか、ガキ。千花子のマ×コ、すごいことになってるだろう。うり、うり」

揺れるブランコさながらに、排泄ポーズの千花子を前後に揺さぶった。

「ああ、いや。いやあああ……」

「おお、千花子……あああ……」

柑橘系の匂いを振りまく汁まみれの局部が今にもくっつきそうなほど亮樹の顔面に接近した。淫靡な振動のせいで粘つく汁が糸を引き、ブラリ、ブラリと振り子のように前へ後ろへと振り乱れる。

「くうう、いやらしい。千花子、ううう……」

「先輩、見ないでえぇ。あああ……」

「ククク」

入江はチラッと亮樹の股間を見た。

思わず笑いそうになる。青年のペニスはピクン、ピクンと痙攣し、一気にせつなく硬度を増し、天に向かって反り返る。

「うり……うり……舐めたいか、亮樹。千花子のマ×コ……んん？」

煽るように入江は言った。

亮樹のことも、千花子のこともからかっている。なおもブランコのようにガニ股姿の美少女を揺らし、ひくつく女陰を青年の口もとにまで近づけた。

ブラリ、ブラリと粘液の糸が重たげに揺れる。

「ヒイィ、やめて……ああ、いや。やめてぇ！」

「舐めたいか、亮樹。舐めたかったら舐めさせてやるぞ。んん？」

「うお……うおお……はぁはぁはぁ……千花子、ああ、千花子おおっ」

ヤリたいさかりの大学生が、こんなふうに煽られてはひとたまりもなかった。

亮樹はその顔を赤黒く充血させる。

はぁはぁと苦しげな吐息を漏らしつつ、自由にならない身体を暴れさせ、いきなり舌を突き出させると、千花子の淫肉を舐めようとした。

「だめ」

入江はすかさず、そんな亮樹から千花子の局部を遠ざける。

「あぁ……」

「千花子おおおっ……」

千花子を畳に置き、膝を突かせる。ベッドに上体を預けさせた。

「い、いや。いやああ……」

千花子はいやがり逃げ出そうとするが、もはや思うように身体に力が入らない。

「ククク。亮樹、誰がてめえなんかに舐めさせるか。そこで見てろ。この芋虫が」

入江は美少女を四つん這いの格好にさせた。

自らも着ているものをすばやく脱ぎ捨てて全裸になる。

ようやく解放されたとばかりに、股間の猛りがしなりながら鎌首をもたげた。ぷっくりとふくらむ暗紫色の亀頭は、すでにドロドロと濃厚カウパーを漏らしている。

「ヒイィィ、ちょ、ちょっと待って……ちょっと、待ってえええっ。あああ……」

「お、おい、やめろ。やめろやめろやめろおおおっ」

再びスカートをめくりあげ、パンティのクロッチに指をかけた。クイッと真横にもう一度ずらし、愛蜜と涎にまみれた柔ヒダの園を容赦なくさらさせる。

「ヒイィィ」

千花子が慌てて逃げようとした。しかし、入江はそんな少女の細い腰をつかんで、グイッと戻す。

「見せてやるぞ。亮樹、おまえが愛した女の本当の姿を」

ベッドに上体を突っ伏させる四つん這いの体位にさせると、セーラー服の少女の背後で入江は位置を整えた。

反り返る怒張は下腹部の肉にくっつきそうになっている。そんなペニスを手に取った。角度を変える。天部が突っぱって、幸せな痛みが駆け抜けた。

「ヒイ、いや……いやあああ……」

ぐったりと脱力しながらも、千花子は恐慌状態に陥っていた。なんとか逃げようとベッドのかけ布団をかきむしり、何度も膝をあげて立ちあがろうとする。

だが、すべてが無駄だった。

そんなふうにいやがればいやがるだけ、よけい入江を昂らせるだけだ。

「ククク」

……ニチャ。

亀頭でビラビラをかき分けた。匂いの強い濃い蜜を惜しげもなく分泌するいたいけな膣穴に、クチュリと先っぽを押しつける。

「ヒイィ、いや。やめて。だめだめだめえ……」

「行くぞ、亮樹。びっくりしすぎて腰を抜かすなよ！」

「やめろおおおおっ」

「うおおおおっ」

──にゅるん。

「あああああああ」

千花子の叫びと亮樹の怒号が甘美な二重奏のように入江の淫心を刺激した。グイッと腰を押し出せば、疼く男根は苦もなくヌルッと粘膜の路に飛びこんでいく。

少女の朱唇からほとばしったのは、この日一番の嬌声だった。しなやかな背筋をU字にたわめ、細い顎を天に向かって突きあげる。

入江を嫌悪する意志とは関係なく、発情した蜜壺が陰茎に歓喜し、波打つように蠢動した。

「おおお、千花子……相変わらず狭いマ×コだな。でもって……この濡れっぷりも昔と同じだ！」

「うああ、うあああああ。ああ、だめ……いやだ。待って。あああ、あああああ」

入江はゆっくりと奥まで極太を埋めていく。美少女の胎路は奥の奥まですでにねっとりと潤んでいた。

ズブリ、ズブズブと男根を前へ進めるたび、ニチャ、ニチャッと生々しい汁音が秘めやかに響く。

「ああ、なんてことだ……俺の千花子が……千花子があああっ」

ついに犯されてしまった美少女に、亮樹が今にも泣きそうな声をあげた。

だが、ぎらつくその目は食い入るように、入江と少女の性器の接合部分を見あげている。そのペニスはとうとう完全にいきり勃った。ヒクン、ヒクンと脈動しては、鯉の口さながらに開閉し、ドロリと濃厚なカウパーを一人むなしくにじませる。

「クク。おお、やっぱり気持ちいい……」

入江は奥まで肉棹をあまさずヌプリと挿入しきった。千花子の媚肉はヌメヌメ加減も、雄根を締めつける狭隘さも相変わらずである。

下品に潤むヒダヒダのひとつひとつがおもねるように亀頭と棹に吸着した。

じっとしていても、気を抜けば精子を吐いてしまいそうなフィット感はまさに極上の触感。入江は背筋に鳥肌を立て、大きく深呼吸をする。

「うう、いや……抜いて……抜いてええっ……」

亮樹だけでなく、千花子もまた嗚咽《おえつ》まじりのうめき声だった。

かけ布団が裂けてしまうのではないかと思うほど、両手で引っぱってちぎらんばかりにしている。

「ハッ。抜いてだぁ？　心にもないことを」

入江はいよいよピストンに移行しようとした。パンティに包まれたいやらしい尻肉をガッシと両手で乱暴につかむ。

「ひうう……」

「亮樹、よく見てろ。一生トラウマになるような見世物を見せてやる！」

入江はそう言うや、ついに腰をしゃくりはじめた。

……グチョ。ヌチョ。

「ひあああ、ああ、やめて。う、動かないで。動いちゃいやあああ」

「おお、すごい声だな、千花子。久しぶりのち×ぽ、やっぱりたまらないだろ」

「うあああ、ああああああ」

「おお、千花子……オッサン、やめてくれ。やめでぐれえええ」

「ぎゃっははは」

入江はカクカクと腰を振り、ぬめる淫壺の中を肉スリコギでかきまわす。

千花子の牝肉は濃厚なシロップをほじくり返しているかのような、ねっとりと重い汁音をニチャリ、グチョリと響かせる。

「ああ、あああああ」

「おお、千花子……おまえのマ×コ、今日もまた思いきりウネウネウネウネ波打って……くぅ、メチャメチャち×ぽを締めつけてくるぞ。ああ、気持ちいい！」

「いやああ、待って。待って待って。ああああ」

取り繕うすべもない、千花子の本気の喘ぎ声がBGMだった。入江はフンフンと鼻息を荒げ、膣奥深くまでサディスティックに亀頭の杵をたたきこむ。

「ヒイイ、ヒイイイ、いやン。いやンいやンいやン。動かないでええ。いやだ。奥が、奥が変なの。奥が、奥がああああ……あああああ」

「クク。二度目のエッチ……しかも、ほとんど四年ぶりのエッチだろ。それなのに、もうポルチオが目覚めたか。さすがは痴女だ。ほら、こうだろ。こうされると、死ぬほど気持ちいいだろ」

……ズン、ズン。ズズン。

「あああ、なにこれ。ああ、待って。奥……奥、奥、奥ウゥゥ……亮樹先輩、見ないで……こんな私、見ないでえええっ。ああああああ」

「おお、千花子……く、苦しい。苦しい。苦しい。ああああ」

目覚めたポルチオへの怒濤の責めに、千花子は身も蓋もなく狂乱した。

リズミカルな入江のピストンに美しい黒髪が、気が違ったように振り乱される。

胸もとのリボンタイも、バックから突きあげるたびにヒラヒラと派手に揺れた。セーラー襟もカサカサと、休むことなく動きつづける。

こいつはいいやと入江は興奮した。

「アァァン……」

千花子とひとつにつながったまま立ちあがる。ふらつく美少女の身体を引っぱり、芋虫青年のすぐ近くにまで場所を変えた。

「千花子！」

「ヒィィ、いやッ。いやあァァァ……」

「どうだ。このほうがよく見えるだろう、亮樹。おい、もっとよく見ろ。俺様のち×ぽが千花子のマ×コ肉の中を出たり、入ったり……」

「うあああぁ、あああああぁ」

「やめろ……やめろおおっ……」

「おお、気持ちいい。出たり、入ったり……出たり、入ったり……」

……グッチョ、ヌチョ。

「くそおお。くそおおおおっ」

いやらしく擦れ合う発情性器を立ちバックの体勢で亮樹に見せつけた。

畳に転がる亮樹の顔は、踏んばる入江の真後ろにある。

「はぁはぁ……くそおお。くそおおおっ。はぁはぁはぁ！」

気持ちよさげに抜き差しされる入江の男根と、それをズッポリと咥えこみ、ひくつきながら淫らな汁をあふれさせる千花子の源泉口に、無力な亮樹は狂おしいジェラシーの虜になった。とうとう畳にペニスを擦りつけ、狂ったように腰をしゃくりはじめる。

ぷっくりとふくらんだピンクの亀頭が古ぼけた畳と擦れ合い、痛いのではないかと思うほど形をゆがませ、引きつったり弛緩したりをくり返す。

「ぎゃはは。おい、見ろよ、千花子。おまえのカレシ、とうとう我慢できなくなって、ち×ぽを畳に擦りつけはじめたぞ」

バツン、バツンと少女のヒップに股間をたたきつけ、膣奥深くまで串刺しにしながら入江は千花子に言った。

「えっ……ええっ……ひいい、亮樹先輩！」

立ちバックの体勢で犯され、千花子は窮屈なポーズのまま亮樹を振り返って引きつった声をあげる。

「ああ、千花子……悔しいよう。悔しいよう。おお、千花子のマ×コがほかの男のち

×ぽを呑みこんで……あああ、気持ちよさそうに、こんなにも汁を……汁を！」

「うあああ。先輩、ごめんなさい。ごめんなさイイィ。あああああああ」

自分たちのセックスを見ながら惨めな自慰をはじめた恋人に刺激されたのは悲しみか、それとも茹だるような興奮か。千花子のヒダ肉がそれまで以上の激しさでウネウネと蠕動する。

痺れる亀頭を甘締めしては解放し、いやでも入江の射精衝動をこれでもかとばかりに煽りたてる。

（ああ、もうイク！）

「そら、見てろ、亮樹。射精するぞ。おまえの彼女の淫乱マ×コに、思いきり精子をぶちまけてやる！」

「えっ、ええっ」

「ヒイ、いや。いやいやいやああ、ああああああ！」

――パンパンパン！　パンパンパンパン！

入江のピストンはとうとうクライマックスの狂乱へとエスカレートした。

柔らかな尻肉にギリギリと指を食いこませて動きを固定する。

ケダモノそのものの腰振りで、疼く亀頭を抜き差ししては微細なヒダ肉の凹凸をかきむしり、最奥部の子宮餅をズンズン、ズズンと強烈に突く。

「うあああ、あああああああ。やめて。中になんて出さないで。ヒイィ、なにこれ。ああ、奥が……奥があああっ」

とろける牝肉を蹂躙され、千花子は完全に錯乱した。

喉からほとばしる「あああ」というよがり吠えは、すべての音に濁点がついているかのようである。そのうえズシリと低くなり、可憐で清楚な乙女の声だとは思えないほど激しくなった。

ペニスに攪拌される肉沼も、なにかが壊れてしまったかのようだ。

ブシュリ、ブシュブシュ、ピューピューと、奥まで亀頭を埋めるたび、押し出されるようにして愛欲の汁が派手に飛び散った。

「おお、千花子、そんな声、出さないでくれ。気が狂いそうだ。おかしくなるうぅ！」

そんな千花子のあられもない声に亮樹も吠えた。

吠えながら泣いていた。

しかし、腰の動きは止まらない。嗚咽しながらカクカクと振りたくられ、赤黒く充血した鈴口を猛然と畳に擦りつける。

「ヒイイ、亮樹先輩、ごめんなさい。ごめんね。ごめんね。ああああ。奥、奥、気持ちいい。こんな身体、嫌い。大嫌い。大嫌い。ああ、気持ちいい。気持ちいい。気持ちいいの。あっああああァッ」

「おお、イクぞ。うおおおおおっ」

「あああああっ、ああああああああっ」

……ドクン、ドクン。

ついに入江はオルガスムスに突き抜けた。膣奥深く、根元まで怒張をねじりこみ、男の悦びに酔いしれる。

(最高だ……)

ピタリと動きを止め、陰茎だけを脈打たせた。

三回、四回、五回──入江の極太は誰憚ることなく脈動し、今日もまた無垢な少女の子宮口を生ぐさいザーメンで穢していく。

「あああ……亮樹先輩……」

「うっうっうっ……千花子……千花子おおおっ……」

どうやら千花子もいっしょに達したようだ。セーラー服に包まれた初々しい女体がビクン、ビクンと痙攣する。

見れば千花子は白目を剝き、なんともいやらしい顔つきだ。半開きの口からはだらしなく涎の粘糸が顎を伝ってブラブラと垂れ伸びている。

（ククク。亮樹もイッたか！）

チラッと背後を振り返れば、亮樹も動きを止めていた。

ぜいぜいと荒い息をついている。畳に押しつけた亀頭から、とろけた糊のような粘液があふれ出し、小さな水たまりを作っていた。

もわんと鼻をつく栗の花のような臭いは、不意を突かれる濃さだ。やはり十代の青年は性欲も、飛び散らせる汁の密度も、中年男とは桁違いなのだろう。

「うう……な、なんか出る……なんか出ちゃうウウゥ……」

千花子がうめくように訴えたのは、入江が精の粘弾をありったけ膣奥に撃ちこみ終えたときだった。

あだっぽく火照ったセクシーな尻や太腿に、ゾクリと大粒の鳥肌が立つ。

入江は「ククッ」と淫靡に笑って言う。

「出したかったら、出せ。ほら、ち×ぽを抜いてやる！」

そう言うが早いか、極太をズルリと女壺から引き抜いた。

「あああああ」

「うわあ、千花子……あああ……」

そのとたん、しぶく勢いで少女の膣から噴き出したのは、たまりにたまった潮だった。キラキラと輝く透明な汁が注ぎこんだばかりの生ぐさい白濁を道連れに、ブシュッ、ブシュッと豪快に、ローズピンクの膣穴から恥も外聞もなくぶちまけられる。

「ああ、やめろ……やめろおお……ううう……」

ザーメンまじりの潮汁をビチャビチャと顔で受け止めるのは亮樹だった。

恍惚としたような、冗談ではないというような、なんとも複雑な顔つきで右へ左へ顔を振り、千花子の股ぐらからしぶき出す下品なシャワーをたっぷりと浴びていた。

5

「クク。相変わらず、どうしようもないスケベな女だな、千花子」

「ああ……」

かけ布団を剥いでシーツを露出し、ぐったりとした女体をごろりと仰臥させた。入江は千花子の身体から、着ているものをむしり取る。

セーラー服の上着を脱がせ、制服のスカートも足首から抜いた。

あの頃よりずいぶんカップの大きくなった純白のブラジャーも引きちぎり、パンティもずりおろす。

千花子はハイソックスを履いただけのエロチックな姿になった。

「はぁはぁ……はぁはぁはぁ……アァン、だめぇぇ……」

「おぉおぉ、こんなにでっかいチチになりやがって……スケベな母親の遺伝子はやっぱり強烈なようだな。ククク」

裸に剝いた美少女の巨乳をギラつくまなざしで視姦した。

露になった豊満なおっぱいが、ユッサユッサとダイナミックに揺れる。量感豊かな乳房はずっしりと重たげで、伏せたお椀のような形のよさにも恵まれていた。

やはりFカップ、八十五センチほどはあるはずだ。

まんまるにふくらむ、はちきれんばかりのおっぱいは、肌のほかの部分と同様、抜けるような白さだった。

肉房にはうっすらと血管が透けていて、それもまたなんとも色っぽい。

乳の先端を彩るのは西洋人を思わせるピンクの乳輪と乳首である。白い乳肌から一段階、乳輪がこんもりと盛りあがっていた。そんな乳輪の中央に、キュッとしこった大ぶりな乳首が二つ仲良く勃起している。

「やめろ……もう、やめてくれええ……」

亮樹が畳の上で慟哭しながらうめいた。入江はニヤリと口角を吊りあげ、泣きながら哀訴する惨めな芋虫を鼻で笑う。

「ばか。こんなところでやめるわけないだろうが」

「あァン……」

ぐったりと投げ出された、千花子の長い脚を左右に開いた。

露になった肉路の入口は、愛液と唾液、ドロドロのザーメンと大量の潮汁が混濁し、ヨーグルトまじりの卵白でも塗りたくったような眺めになっている。

入江は少女の股の間に陣取った。

股間の棹を再び手に取る。ありったけ精を吐いたにもかかわらず、入江のペニスはまだなお旺盛な生殖への渇望をアピールしていた。

「そぉら、千花子、またイクぞっ」

「ひはっ」

——ヌプヌプッ！　ヌププププウッ！

「うあああああ。ハアァァン、もういやあああああ」

ズブリと淫肉を牡槍で貫くや、やにわに全裸の美少女は生気を取り戻した。

感きわまったような喘ぎ声を爆発させ、背筋をしなやかにたわめると、それだけでビクビクと十七歳の裸身をどうしようもなく痙攣させる。

「クク。なにが『もういやあ』だ。うれしくってたまらないんだろ、俺のち×ぽが！」

入江はそう言うと、少女の裸身に覆いかぶさり、おっぱいをわっしとつかんだ。そしてそのままガツガツと、またしても激しく腰を振り、美少女の腹の底をグチョリ、ヌチョリと掘削する。

「ハアァァン、あっあっあっ……あああぁぁ……どうしよう。困る……困るンンン。こんなにされたら、もう私……私イィィ……あああああっ」

「おお、千花子……ククク！」

千花子は先刻のセックスよりも、さらに淫らに乱れつつあった。火の点《つ》いてしまった好色な身体は、もはや本人の意志ではどうにもならないようである。

「クク。気持ちいいだろ、千花子。これがおまえの身体だ。おまえは死ぬまでこのスケベな身体と折り合いをつけて生きていかなきゃならないんだ。難儀な人生だな。ぎゃはははは。おお、それにしてもでっかくなったな、このチチ！」

入江はもにゅもにゅとたわわな乳房を揉みしだき、膣奥深くまで猛る怒張をグリッ、グリリッと抉りこんだ。

「ハアァ、入江さん……入江さんンンッ」

「やめてもいいか、千花子。ち×ぽ、抜くか」

「ヒイィ、やめないで。やめちゃいやあぁ！」

「おお、千花子……嘘だろう……千花子おおおっ」

とうとう美少女は完全に陥落した。

信じられない千花子の哀訴に、畳に突っ伏した芋虫が悲愴な声をあげる。

だが、その本音は寝取られ男ならではのマゾヒスティックな興奮だ。またもカクカクと腰をしゃくり、畳にペニスを擦りつける。

まるで亀頭で白濁の沼をかきまわしているかのようだ。

先ほど吐いた精液の水たまりに、グチョグチョと鈴口を擦りつけている。

ひくつく亀頭と精液の間に無数の粘糸が糸を引き、卑猥な音を立てながら伸びたり縮んだりをくり返す。

「抜かれたくないか、千花子。どうしてほしい。んん？」

心の趣くままにたわわな乳房を揉みしだき、みずみずしいその弾力をねっとり、たっぷりと享受した。

十七歳のフレッシュな巨乳はゴムボールのような弾力だ。

そのうえ、揉めば揉むほどエロチックな張りを増し、深々と食いこむ指を押し返してくる。

「うああ、ああああああ。き、気持ちいい。ち×ちん、気持ちいいよう。こんな私、大嫌い。死にたい。死にたい。死にたいぃぅあああああ気持ちいいいいいいい」

発情した腹の底をゴリゴリ、グチョグチョと肉スリコギで抉り抜かれ、千花子はさらに常軌を逸した。

あんぐりと開いた口からほとばしるよがり声は、とうとう狂気すら漂わせはじめる。

犯しているのは、もはや千花子ではないのかもしれない。

清楚な美少女が自分を見失ったときに姿を現す、見てはいけない官能的な魔物が今、入江の身体の下にいた。

「気持ちいいよう。気持ちいいよう。どうしてこんなに気持ちいいの。あああああ」

「千花子……千花子おおお。聞きたくない。こんな声、聞きたくない。おう、おう、おおう、おおおう、おおおおう」

亮樹は狂ったようにかぶりを振り、涙の雫を飛び散らせる。耳を塞ぎたくても手がなかった。髪をかきむしりたくても、やはり手がない。できることはといえば、畳にペニスを擦りつけることだけだ。カクカクとしゃくる腰の動きは滑稽なほど間抜けである。

「おい、千花子、ち×ぽ、抜かれたくないんだよな！」

ヌメヌメした膣ヒダに夢中になってカリ首を擦りつけながら入江は再度聞く。

肉傘から甘酸っぱさいっぱいの快美感がくり返ししぶいた。

脳天へと突き抜けた快楽が脳髄を麻痺させ、千花子にいやらしいことをしている今が、人生最高の時間に思えてくる。

「ヒイイ、抜かないで。ち×ちん、抜いちゃいや。いやいやいやあああ」

「どうしてほしい。千花子、どうしてほしい！」

「い、挿れたり出したりして。出っぱってるとこ、いっぱい、いっぱい私のマ×コに擦りつけて。奥がいいの。奥を犯して。いっぱい、いっぱい犯してぇえ！」

「こうか。これがいいのか！」

「きゃひ」

入江は片房の頂にむしゃぶりつき、チュウチュウといやらしい音を立てて乳を吸った。そうしながら緩急をつけた腰遣いでヌラヌラと膣ヒダをかきむしり、待ち受ける子宮に亀頭のパンチを浴びせかける。

「あああ、あああああ……これ……これこれこれええええ」

「やめろおおお。もう、たくさんだ。やめてくれえええええ」

「気持ちいいの。オマ×コ、気持ちいい。もっとして。もっとち×ちんで奥、突いでええええ。奥、オグウゥゥ……あああああああ」

「ち×ちんじゃない。ち×ぽだ。千花子、ち×ぽって言え！」

「あああああ、ち×ぽ、ち×ぽ気持ちいい。ズボズボズボ奥まで来てるウウ。おかしくなっちゃう。ち×ぽでおがじぐなるぅ。あああ、もっどじでええええええ」

「くぅぅ、千花子……」

硬くしこった乳首をレロレロと舐めはじき、反対側の乳首にもむしゃぶりついて同じように穢した。

「あああああ、乳首も気持ちいい。どうしてこんなに感じるのぅ。ああああ、かじって。カジカジじでええぇ。カジカジじでよおおおう」

「こうか、千花子。ほら、こうか！」

……カジカジカジ。

「あああああああ、あああああああああああ」

……カジカジ。カジカジカジカジ。

「あああああ、おとうさあああん。おとうさああああん、あああああああああ」

（——っ、千花子……）

そっと歯を立て乳首を甘噛みすれば、千花子はガクガクと何度も軽いアクメに達した。その目はもはや完全に裏返って白目になっている。

この期に及んで「お父さん」とはいったいどういうことなのか。入江にはよくわからなかった。しかし、彼は無性に燃えた。

「あうう、あうう、あうううう」

喘ぐ声はいつしか聞いてはならないようなうめき声になっていた。

こんな清楚な美少女に、これほどまでに悪魔な肉体を授けるだなんて、神はなんといじわるで罪作りなおかただろう。

（ううっ、もうイク！）

入江ももはや我慢の限界だった。

いよいよスパートをかけるべく上体を起こす。少女の長い脚をＭ字に開いて、胴体の真横に並ぶほど押さえつけた。

いよいよ万全の体勢で腰の動きを加速させる。

——パンパンパン！　パンパンパンパン！

「あああぁ、気持ちいいよう。気持ちいいよう。もう、だめ。なんか来る。すごいの、来るうう。来る。来る来る来る来る来る。うあああああぁ」

美少女は両手で髪をかきむしり、繕いようのない吠え声をはじけさせた。

下からガツガツと突きあげられ、ひしゃげた乳房がグルングルンと二つ仲良く猥褻な円を描く。乳首は入江の唾液まみれだ。飛び散った汁がねっとりと糸を引きながら上へ下へと四散する。

「うお……うおおお……」

海鳴りのような音が鼓膜の奥からせりあがった。

陰嚢の中でグツグツと沸騰していたザーメンも、もはやこれまでとばかりに陰茎の芯を濁流さながらに駆けあがる。

「あああぁ、イグッ。私、イグッ。まだイグウウウッ。あああああああぁ」

「千花子、千花子おおおっ」

気が違ったような千花子の嬌声に、嗚咽まじりの亮樹の叫び声が錯綜した。ドクンドクンと心臓が打ち鳴り、射精へのカウントダウンが加速する。

（イクッ）

「ああああ、気持ちぃい。とろけちゃううう。イグッ。イグイグイグッ」

「ああ、出る……」

「千花子おおおおお」

「あああああああ、あっあああああああああっ」

……ドクン、ドクン、ビュルル。

恍惚の稲妻に脳天からたたき割られたかのようだった。

入江は意識を白濁させ、大きな岩にたたきつけられた波しぶきのように自分という存在がこっぱ微塵になったのを感じる。

胸のすくような時間だった。俺は生きている、と実感した。

ずいぶん激しく心臓が打ち鳴っていると思ったが、気づけばそれは心音ではなく、肉棒がザーメンを撃ち出す雄々しい音だった。

「はうッ……はううぅ……ああ、入ってくる……ドロドロした……温かいもの……いっぱい……いっぱい……あああ……」

「はぁはぁ……千花子……」

見れば千花子は白目を剝いたままだった。色白なはずの裸身は湯あがりさながらの薄桃色に茹だり、汗の甘露を噴き出させている。

千花子はガクガクと小刻みに身体を震わせながら、ときおりさらに大きな痙攣をビクン、ビクンとくり返した。

濃厚なアンモニアの匂いがする。

なにやら生温い感触を入江は足と股間に覚えた。

見れば千花子は失禁していた。白いベッドシーツに黄色い水たまりがじっとりと重たげにひろがっている。

しかも、美少女はまだなお放尿中だ。

入江の極太を根元までズッポリと膣にまる呑みしたまま、シュルシュルと軽微な擦過音を立て、不様に排泄汁を白目を剝いて垂れ流す。

「ああ、気持ちいい……はあぁ……」

「千花子……うう、こんな……こんなことって……ううう……」

畳の上では芋虫が身体を震わせて号泣していた。

隆々と反り返ったその巨根は二度目の精を吐いていた。

畳にひろがる白い水たまりは先刻まで以上の大きさになっている。

水たまりの中に亀頭の先を埋めこんだまま、亮樹のペニスはヒクン、ヒクンと断末魔のような痙攣をくり返した。

終章

1

「はぁぁぁん、入江さん、入江さあぁん、あああぁああ」

「違うだろう、梨菜。『お父さん』だ。『お父さん』と呼べ！」

怒気のこもった声で入江は罵倒した。

手にした催涙スプレーの噴射ボタンを押し、またも人妻の顔にスプレー液を噴きかける。

「ヒイィ、げほっ、げほっ……ああ、ごめんなさい、お父さん。お父さあぁぁあん。ヒハアアアァ、げほっ、げほほおっ」

今日もまた、入江は頭の軽い人妻を相手に耽美な行為にのめりこんでいた。まっ昼間から安いラブホテルにしけこんで、昴る女に獣の声をあげさせている。

ベッドから引きずりおろし、壁に手を突かせていた。

立ちバックの体位でひとつにつながり、後ろからガツガツと腰を振って、とろける肉壺をサディスティックに凌辱している。

梨菜はもうすぐ三十路の女だ。そんな女にネットで手に入れた千花子の女子校の制服を着せ、女子高生コスプレで犯している。

入手した制服はいささかサイズが小さかった。そのため、むちむちした梨菜が着ると、肉感的な身体にギッチギチに食いこんだ。

――こんなの千花子じゃない！

梨菜に罪はなかったが、本物の千花子とはあまりに違う人妻の姿に入江はサディスティックな肉欲をたぎらせた。バックから激しく腰を振り、まる出しにさせた豊満なヒップにバツン、バツンとおのが股間を何度も何度もたたきつける。

「ヒイィン、お父さん、いやン。気持ちいい。イッちゃう。もう、イクゥゥ。げほっ、げほっ、げほっ」

梨菜は涙を流して咳きこみながら、最後の瞬間が近いことを入江に訴えた。

「くぅ、梨菜……俺もイクぞっ」

クライマックスが近づいてきたのは入江も同様だ。ググッと両脚を踏んばり直し、怒濤の抜き差しで秘割れを穿《うが》つ。

「はぁぁん、お父さん……お父さあああん、あっあっあっ、ヒイイィィン」

(くう……千花子……)

お父さん、という言葉に触発され、いやでも脳裏に蘇るのはあの美少女だった。千花子と秋奈は再びどこかに転居してしまい、またしても行方がわからなくなっていた。千花子は高校も転校してしまったらしく、どうやっても見つけられない。

だが――。

(必ず……また会うぞ、俺たちは。そうだろ、千花子)

入江は焦っていなかった。なにしろ自分と千花子はゆがんだ運命の絆《きずな》で結ばれている。

――必ず会える。きっとまた、近いうちに。

「あああ、お父さん、お父さあああん、あああああああ」

「くうぅ……」

……ドクン、ドクン。

入江はそう確信し、獣と化した千花子の身がわりの女の中で、今日も盛大に大量の精液を吐き出した。

2

（えっ……）

千花子はギクッとした。いきなり耳もとで、あの男にささやかれたような気がしたのだ。

もちろん、そんなはずはない。

かつて暮らしたあの街からは、電車で二時間以上も離れた遠い場所で暮らしている。

今は午後の授業がはじまったばかりだ。

「………」

教壇で熱弁をふるう教師の声を聞くともなく聞きながら、千花子はぼんやりと窓ごしの青空を見あげた。

――入江に見つかった。

千花子がそう言うと、母親の秋奈は即断即決で住んでいた借家を引き払い、会社も辞め、あっという間にこの街へと越してきた。

それほどまでに、秋奈にとってもまた、実の娘を凌辱された入江という存在は、疫病神以外のなにものでもなかったのである。

そもそも、いくら離婚しているとはいえ、同じ市内で暮らすことには、秋奈も千花子もずっと不安があった。

だが、どうしても愛する亮樹と離れたくなくて、千花子がわがままを言ったのだ。

しかし、もうそんなことは言っていられなかった。

千花子はとうとう亮樹を手放した。

(亮樹先輩……)

大好きだった青年のことを思い出し、千花子は甘酸っぱく胸を疼かせた。

彼との恋愛関係も終焉させ、千花子はこの地に越してきた。

亮樹は「俺の想いは変わらない」と言ってくれたが、あんなすさまじい自分を見られて、千花子がそれまでと同じでいられるはずがなかった。

自分の中には、恐ろしい悪魔がいる――。

そう考えると、もう誰とも恋などしたくなかった。人を愛するということは、いつかはその大切な人と身体の契りを結ぶことを意味する。

それは今の千花子には恐怖以外のなにものでもなかった。不気味な悪魔がこの肉体に潜んでいるだなんて、好きになった男性にさらけ出せるわけがない。

(私の人生、どうなっちゃうんだろう)

そう思うと、暗澹たる思いになった。まだ十七年しか生きていないのに、未来には夢も希望もないようにすら思えてしまう。

(あっ……)

突然、股のつけ根がはしたなくキュンと疼いた。完膚なきまでに入江に犯された、亮樹の家での禁忌な思い出がまたも生々しく蘇る。

(ばか。私のばか。こんな身体……大嫌い……はうう……)

せつなく疼く股間のワレメは意志とは関係なく、じゅわんと潤みはじめた。殺してやりたいほど憎いのに、あの男のことを思い出すと、ぞわぞわと性感の芯を逆撫でされる不埒で罪深い自分がいる。

もしかしたら、入江はまた自分を見つけ出すのではないだろうか。

そして、自分はまたあの男にいいように翻弄され、決して見たくはない本当の自分を獣のようになりながら直視させられる羽目になるのではあるまいか。

(ああ……)

そう思うと、言いようのない恐怖がこみあげてくる。

だが、その恐怖は決して誰にも打ち明けられない甘美な快感をともなっていた。

(ああ、どうしよう。オナニーしたいよう……)

思わず漏れそうになる熱い吐息を懸命にこらえた。太腿を締めつけ、こみあげる欲望を抑えつける。

(ああ……あああ……)

思い出すのは入江の熱くて硬い一物だった。

焼けた鉄柱さながらのあの剛直が腹の底を容赦なくほじくり返す感触を思い出し、千花子はたまらない気分になる。

(どうしよう……)

入江から逃げたい気持ちに嘘はなかった。それなのに、気づけば千花子は今日もまた、忌まわしいあの男のことばかり考えてしまう。

蟻地獄。そう。今も千花子は後ろめたい、耽美な蟻地獄の中にいた。

もう、抜け出せない。きっと、死ぬまで。

そう思うと、千花子はそのまま白目を剝いて、一気に達しそうになった。

◉新人作品**大募集**◉

マドンナメイト編集部では、意欲あふれる新人作品を常時募集しております。採用された作品は、本人通知のうえ当文庫より出版されることになります。

【応募要項】未発表作品に限る。四〇〇字詰原稿用紙換算で三〇〇枚以上四〇〇枚以内。必ず梗概をお書き添えのうえ、名前・住所・電話番号を明記してお送り下さい。なお、採否にかかわらず原稿は返却いたしません。また、電話でのお問い合せはご遠慮下さい。

【送付先】〒一〇一-八四〇五 東京都千代田区神田三崎町二-一八-一一 マドンナ社編集部 新人作品募集係

妻《つま》の娘《むすめ》 獣《けもの》に堕《お》ちた美少女《びしょうじょ》

著者◉殿井穂太【とのい・ほのた】

発行◉マドンナ社
発売◉二見書房
東京都千代田区神田三崎町二-一八-一一
電話 〇三-三五一五-二三一一(代表)
郵便振替 〇〇一七〇-四-二六三九

印刷◉株式会社堀内印刷所 製本◉株式会社村上製本所 落丁・乱丁本はお取替えいたします。定価は、カバーに表示してあります。

ISBN978-4-576-20002-6 ◉Printed in Japan

Madonna Mate